スルタンの象と少女

LA VISITE DU SULTAN DES INDES
SUR SON ÉLÉPHANT À VOYAGER DANS LE TEMPS

ジャン＝リュック・クールクー：作

カンタン・フォコンプレ：絵

前之園 望：訳

文遊社

"La Visite du Sultan des Indes
sur son éléphant à voyager dans le temps"
by Jean-Luc Courcoult
and illustrations by Quentin Faucompré

This book is published in Japan by arrangement with Editions MeMo
through le Bureau des Copyrights Français, Tokyo.

スルタン、旅《たび》に出《で》る

西暦《せいれき》一九〇〇年《ねん》、インドのある王国《おうこく》でのことです。名《な》もないひとりの博士《はかせ》が、生《い》きた象《ぞう》でタイムマシンをつくるという、とほうもない発明《はつめい》にとりかかりました。

このマシンが必要《ひつよう》になったのには、わけがありました。王国《おうこく》を治《おさ》めるスルタンが、ひどい睡眠不《すいみんぶ》足《そく》になってしまったのです。とてもりっぱなこの王《おう》さまは、もう何週間《なんしゅうかん》も前《まえ》から、同《おな》じ夢《ゆめ》になやまされていました。それは、自由《じゆう》に時間《じかん》を行《ゆ》き来《き》する、女《おんな》の子《こ》の夢《ゆめ》でした。スルタンが眠《ねむ》りにつくと、かならずその子《こ》が夢《ゆめ》に出《で》てきます。スルタンの睡眠不足《すいみんぶそく》のひどさは、宮廷中《きゅうていじゅう》にもすっかり知《し》れわたっていました。というのも、ある朝《あさ》、スルタンが眠《ねむ》りから覚《さ》めると、額《ひたい》のしわがぐにゃぐにゃと動《うご》き出《だ》し、文字《もじ》になってしまったからです。そこには、時間《じかん》と場所《ばしょ》を自由《じゆう》に旅《たび》する象《ぞう》と、ぴかぴかの木《き》でできた女《おんな》の子《こ》のお話《はなし》が書《か》いてありました。

スルタンは、すっかりおびえていました。「このままでは女《おんな》の子《こ》の夢《ゆめ》にうなされて、知《し》らないうちに自分《じぶん》の首《くび》をしめてしまう！」。そこで、スルタンはこう命令《めいれい》するほかありませんでした。「ねているあいだ、わしの両《りょう》うでをしっかりしばっておくのだ！」。人々《ひとびと》は、スルタンのことが心配《しんぱい》でした。宮廷中《きゅうていじゅう》が、重《おも》たく暗《くら》い空気《くうき》に包《つつ》まれました。

とにかく肝心《かんじん》なのは、スルタンの頭《あたま》の中《なか》からその女《おんな》の子《こ》を引《ひ》っぱり出《だ》すことです。でも、鼻《はな》や耳《みみ》の穴《あな》から、出《で》てきてもらうわけにもいきません。大臣《だいじん》たちは、王《おう》さまをなだめながら、こう言《い》いました。「なんとしても女《おんな》の子《こ》を見《み》つけ出《だ》し、殿下《でんか》のお眠《ねむ》りをわずらわせるのを、やめてもらわなければなりません。その子《こ》には、遊《あそ》んでくらせるだけのお金《かね》をたっぷり与《あた》えましょう。そのためには、時空《じくう》のはてまで旅《たび》をして、いっこくも早《はや》く、その子《こ》を探《さが》し出《だ》すことです」。

そんなわけで、学者《がくしゃ》たちは、しかたなくこの難題《なんだい》をひとりの博士《はかせ》にたくすことにしました。博士《はかせ》は、よろこんで仕事《しごと》を引《ひ》き受《う》けました。博士《はかせ》にとっては、名《な》だたる学者《がくしゃ》たちの仲間入《なかまい》りをする、思《おも》いもよらないチャンスだったのです。

博士《はかせ》はまず、キリンや猿《さる》をタイムマシンに改造《かいぞう》しようとしました。でも、何年《なんねん》たっても、かんばしい研究成果《けんきゅうせいか》は得《え》られませんでした。たしかにそれは、むずかしい研究《けんきゅう》でした。でも、動物《どうぶつ》たちが

いうことをきかないせいで、成功《せいこう》しなかったわけではありません。問題《もんだい》は、動物《どうぶつ》たちのかしこさにありました。博士《はかせ》が自分《じぶん》になにをさせたいのか、動物《どうぶつ》たちにはさっぱりわからなかったのです。はっきりいえば、動物《どうぶつ》たちは、もの覚《おぼ》えがとても悪《わる》かったのです。そもそも、時間《じかん》をさかのぼるために必要《ひつよう》な集中力《しゅうちゅうりょく》が足《た》りませんでした。そんななか、象《ぞう》だけはとてもかしこいことがわかりました。象《ぞう》なら、どうやら見込《みこ》みがありそうでした。

まだかまだかと、スルタンからは矢《や》のような催促《さいそく》。博士《はかせ》は、象《ぞう》の群《む》れを集《あつ》めて、特製《とくせい》のえさを与《あた》えることにしました。くだいた金属《きんぞく》に、黒《くろ》い火薬《かやく》とアビシニアからとりよせた石油《せきゆ》を混《ま》ぜあわせたものです。博士《はかせ》は、このアビシニアの油田《ゆでん》に前《まえ》からずっと目《め》をつけていました。なぜなら、アビシニアの石油《せきゆ》には、近《ちか》くに生《は》えている木々《きぎ》を、金属《きんぞく》に変《か》える作用《さよう》があったからです。油田《ゆでん》の近《ちか》くでは、木々《きぎ》はそのまま金属《きんぞく》に変《か》わっていました。カチンカチンの金属《きんぞく》になれば、生《い》き物《もの》は永遠《えいえん》のいのちが手《て》に入《はい》ります。でも、カチンカチンでは動《うご》けません。たしかに、特製《とくせい》のえさを食《た》べた象《ぞう》たちの体《からだ》は、数カ月《すうげつ》もすると金属《きんぞく》に変《か》わりました。しかしそうなると、ただの彫像《ちょうぞう》と同《おな》じです。まったく動《うご》かなくては、使《つか》いものになりません。

研究《けんきゅう》を重《かさ》ねたあげく、とうとう博士《はかせ》は、成功《せいこう》の鍵《かぎ》を発見《はっけん》しました。「この発明《はつめい》には、特別《とくべつ》な象《ぞう》が必要《ひつよう》なのだ！」。そこで目《め》をつけたのは、インドの奥地《おくち》、人里《ひとざと》はなれた山奥《やまおく》に住《す》む、三〇〇歳《さい》をこえるという一頭《とう》の象《ぞう》でした。

待《ま》ちくたびれて、スルタンはおかしくなってしまいそうでした。毎晩《まいばん》、女《おんな》の子《こ》があらわれては夢《ゆめ》の世界《せかい》をめちゃくちゃにするのですから。

そんなわけで、国中《くにじゅう》の人々《ひとびと》が力《ちから》を合《あ》わせて、みんなでその象《ぞう》を捕《つか》まえたのでした。

ときが流《なが》れました。王国《おうこく》の庭園《ていえん》には、すでに一〇〇頭《とう》あまりの金属《きんぞく》の象《ぞう》が飾《かざ》られていました。三〇〇歳《さい》をこえる象《ぞう》も、やっぱり同《おな》じように、ただの彫像《ちょうぞう》になってしまいそうでした。

博士《はかせ》は、スルタンからの大目玉《おおめだま》がおそろしいうえに、自分《じぶん》の失敗《しっぱい》がくやしくもありました。そしてとうとう、象《ぞう》のひざの関節《かんせつ》を、鋼鉄《こうてつ》で作《つく》ることを思《おも》いついたのです。これなら、カチンカチンでも動《うご》けます。博士《はかせ》は、鋼鉄《こうてつ》の関節《かんせつ》を象《ぞう》のひざに取《と》りつけました。そして操縦士《そうじゅうし》たちをやとい、ロープやジャッキやバネを使《つか》って、象《ぞう》を動《うご》かすことに成功《せいこう》しました。

次《つぎ》に、象《ぞう》の背中《せなか》には人《ひと》の住《す》めるテラスを、おなかの中《なか》には寝室《しんしつ》をこしらえました。キッチンとお風呂《ふろ》もちゃんと作《つく》りました。まさに船艦《せんかん》と呼《よ》ぶにふさわしい、タイムマシンの完成《かんせい》でした。

ついに、スルタン一行《いっこう》を招《まね》き、タイムマシンのおひろめの日《ひ》がやって来《き》ました。やとった乗組員《のりくみいん》たちが象《ぞう》を動《うご》かすと、あたりに異変《いへん》が起《お》こりました。木々《きぎ》がみるみる大《おお》きくなったり、建物《たてもの》がたちまちぼろぼろに朽《く》ち果《は》てたり、きのこのように町《まち》がにょきにょきと生《は》えたりするのです！　これを見《み》た博士《はかせ》はびっくり、自分《じぶん》の才能《さいのう》がおそろしくなったほどです。でも、スルタンは大《おお》よろこびでした。博士《はかせ》に褒美《ほうび》の黄金《おうごん》をたっぷり与《あた》えると、数週間後《すうしゅうかんご》に出発《しゅっぱつ》すると発表《はっぴょう》しました。夢《ゆめ》の女《おんな》の子《こ》を追《お》って時間《じかん》を旅《たび》する、大冒険《だいぼうけん》のはじまりです。

博士《はかせ》は、自分《じぶん》の成功《せいこう》にうっとりしていましたが、ほんとうにおどろいたのは出発《しゅっぱつ》のときでした。まるで、窓《まど》ガラスのよごれを布《ぬの》でふいたように、スルタンを乗《の》せた象《ぞう》が、時空《じくう》の彼方《かなた》に消《き》えてゆくのを、彼《かれ》ははっきりと見《み》たのでした。

探検《たんけん》レポート〈第《だい》一週《しゅう》〉

特派員《とくはいん》ヴォワデック・ルシュコフによる報告書《ほうこくしょ》

スルタンを乗《の》せたわれわれ探検隊《たんけんたい》は、一週間《しゅうかん》もたたないうちに、おどろくべき問題《もんだい》に直面《ちょくめん》した。われわれが出発《しゅっぱつ》したのは一九〇五年《ねん》二月《がつ》一四日《か》月《げつ》曜日《ようび》午前《ごぜん》五時《じ》。数日後《すうじつご》には一九一二年《ねん》三月《がつ》一日《ついたち》金《きん》曜日《ようび》に到着《とうちゃく》していた。場所《ばしょ》は中国《ちゅうごく》。あたりには爆弾《ばくだん》の音《おと》が響《ひび》きわたっていた。正確《せいかく》には、広東《カントン》の街《まち》でのことである。

街《まち》に入《はい》る前《まえ》に、近《ちか》くの人々《ひとびと》に街《まち》の様子《ようす》をたずねてみると、口々《くちぐち》に「近《ちか》づかないほうが身《み》のため」と教《おし》えてくれた。しかし、食糧《しょくりょう》を補給《ほきゅう》するためには、街《まち》へ入《はい》るしかなかった。街《まち》へ着《つ》くと、われわれはみなすぐに恐怖《きょうふ》にこおりついた。あたりには、火薬《かやく》と血《ち》、死体《したい》の臭《にお》い。生《い》き残《のこ》った人々《ひとびと》の悲鳴《ひめい》が、街中《まちじゅう》にあふれていたのだ。船長《せんちょう》は、まよっていた。「この地《ち》にとどまっていいものか？」。しかし、スルタンの意向《いこう》もあったため、やむなく象を停泊《ていはく》することにした。貯蔵庫《ちょぞうこ》をいっぱいにして、旅《たび》の疲《つか》れをとること。これは、これからも旅《たび》をつづけるために、どうしても必要《ひつよう》な決断《けつだん》だったのである。

時間旅行《じかんりょこう》の最初《さいしょ》の数日間《すうじつかん》は、誰《だれ》にとってもひどいものだった。すこしタイムマシンを作動《さどう》させただけで、多《おお》くの者《もの》が「時計病《とけいびょう》」にかかってしまったのだ。この病気《びょうき》にかかると、日付《ひづけ》はもちろん、昼夜《ちゅうや》の別《べつ》、時間《じかん》や季節《きせつ》がわからなくなってしまう。乗組員《のりくみいん》たちの眠《ねむ》る時間《じかん》の割《わ》りふりも、うまく調《ちょう》整《せい》されていなかったので、疲《つか》れはたまる一方《いっぽう》だった。時間《じかん》という絶対《ぜったい》のめやすが、あやふやになってしまったのだから、当《あ》たり前《まえ》である。仲間《なかま》たちの半数以上《はんすういじょう》が、病気《びょうき》のせいでふらふらと夢《ゆめ》の中《なか》をただよっていた。目《め》はさめているのに、ずっと夢《ゆめ》を見《み》ているのだ。船長《せんちょう》はすぐに気《き》がついた。「みんながみんな、この旅《たび》をつづけられるわけではないな。こうなったら、病気《びょうき》がおもくて、どうしたって回復《かいふく》の見込《みこ》みのない連中《れんちゅう》は、いますぐ船《ふね》から降《お》ろさにゃならん」。

象《ぞう》のおなかと機関室《きかんしつ》は、さながら精神病院《せいしんびょういん》だった。おかげで、操縦《そうじゅう》は困難《こんなん》をきわめた。スルタンを前《まえ》に、船長《せんちょう》は苦汁《くじゅう》の決断《けつだん》を口《くち》にした。「航海《こうかい》の邪魔《じゃま》となるおにもつを、降《お》ろすことにします……」。

船長《せんちょう》は、時間航海《じかんこうかい》の達人《たつじん》だった。この船《ふね》の速度低下《そくどていか》が、正気《しょうき》を失《うしな》った者《もの》たちのせいで引《ひ》き起《お》こされ

たことを、しっかり見抜《みぬ》いていた。いまや悪夢《あくむ》におそわれたこの船《ふね》には、なによりも現実的《げんじつてき》な感覚《かんかく》が必要《ひつよう》だった。よって、夢《ゆめ》うつつの連中《れんちゅう》とは、きっぱり決別《けつべつ》しなければならない。だいたい、カレンダーが木曜日《もくようび》を指《さ》して以降《いこう》、われわれは一九一二年《ねん》の二月《がつ》から、一歩《いっぽ》も進《すす》んでいなかった。

　象《ぞう》に乗《の》った仲間《なかま》とマシンは、まさに一心同体《いっしんどうたい》だった。象《ぞう》の原動力《げんどうりょく》は、乗組員《のりくみいん》たちの汗《あせ》から生《しょう》じる蒸気《じょうき》の力《ちから》である。ところが、時計病《とけいびょう》にかかった乗組員《のりくみいん》たちは、自分《じぶん》たちの汗《あせ》をむだづかいするばかりか、他人《たにん》の汗《あせ》までも使《つか》いはたしてしまう始末《しまつ》だった。

　さらにめんどうなことに、象《ぞう》はときどき制御不能《せいぎょふのう》におちいることがあった。そうなると、もう全《ぜん》員《いん》が上《うえ》を下《した》への大《おお》さわぎである。象《ぞう》は急《きゅう》に暴《あば》れだし、際限《さいげん》なくほえながら走《はし》りだすと、あちこちの家《いえ》や木《き》、岩《いわ》へ突撃《とつげき》する。そして、おそろしい野性《やせい》をむきだし、うなり声《こえ》をあげては足《あし》を踏《ふ》みならし、通《とお》りがかった動物《どうぶつ》たちをどしどし踏《ふ》みつぶすのだった。原因不明《げんいんふめい》のこの発作《ほっさ》は、さいわいにもめったに起《お》きることはなかったが、それでもひとたび発作《ほっさ》が起《お》きると、われわれは、ゆれるこの巨体《きょたい》にしがみついている以外《いがい》、できることはないのである。とはいえ、この異常事態《いじょうじたい》が一分以上《ぶんいじょう》つづくことはまずなく、次《つぎ》の瞬間《しゅんかん》には、すべてがきちんと元通《もとどお》りになった。それは、悪夢《あくむ》からふと目《め》が覚《さ》め、いつもの寝室《しんしつ》の光景《こうけい》が目《め》に入《はい》ってきたかのような、あっけなさであった。

さて、話《はなし》を戻《もど》そう。広東《カントン》の中央広場《ちゅうおうひろば》は、混乱《こんらん》と恐怖《きょうふ》とに満《み》ちていた。

しかし象《ぞう》のタイムマシンがあらわれると、戦争中《せんそうちゅう》の兵士《へいし》たちは、神《かみ》さまのお出《で》ましにあったかのようにおどろいて、戦《たたか》うのをぴたりとやめた。これも船長《せんちょう》の作戦《さくせん》のうちだった。あまりにびっくりしたとき、人《ひと》はついぼうっとしてしまう。そんなとき、なにが起《お》きたかわかるのは、しばらくたってからなのだ。船長《せんちょう》は、そのすきに行動《こうどう》に出《で》た。象《ぞう》にひと声《こえ》あげさせると、いよいよ兵士《へいし》たちはあっけにとられ、時間《じかん》が止《と》まったかのようにかたまった。船長《せんちょう》は、時計病《とけいびょう》にかかった者《もの》たちを、すぐさま広場《ひろば》へ放《ほう》り出《だ》した。彼《かれ》らを地獄《じごく》のまっただ中《なか》に置《お》き去《ざ》りにしようとしていることは、じゅうぶん承知《しょうち》のうえだった。乗組員《のりくみいん》だけでなく、宮殿《きゅうでん》の貴族《きぞく》の何人《なんにん》かも、ようしゃなく象《ぞう》から降《お》ろされた。

それまでひっきりなしに爆弾《ばくだん》の音《おと》が響《ひび》きわたっていたが、爆音《ばくおん》が急《きゅう》にやんで、静《しず》かになるのも、それはそれで気味《きみ》がわるいものだった。われわれは不安《ふあん》だった。ドカンドカンとがなりたてる恐怖《きょうふ》の音楽会《おんがくかい》から、無事《ぶじ》に抜《ぬ》け出《だ》すことができるのか……。時間《じかん》が止《と》まっているのをいいことに、足《あし》の速《はや》い仲間《なかま》たちが、すばやく家々《いえいえ》から食糧《しょくりょう》をぶんどって船《ふね》に補給《ほきゅう》した。鳥《とり》や牛《うし》、ブタなどの家畜《かちく》も、生《い》きたまま盗《ぬす》んできた。この一連《いちれん》の出来事《できごと》は、象《ぞう》にとっては一時間《じかん》の出来事《できごと》だった。しかし、広東《カントン》にとっては、たった一秒《びょう》の出来事《できごと》だったはずだ。

積荷作業《つみにさぎょう》がおわるとすぐに、乗組員《のりくみいん》の新鮮《しんせん》な汗《あせ》を利用《りよう》して、この広場《ひろば》で、時間《じかん》だけを進《すす》めた。一九二七年《ねん》一月《がつ》三一日《にち》一八時《じ》、一瞬《いっしゅん》にして、あたりは平和《へいわ》な街《まち》に変《か》わった。広場《ひろば》の人々《ひとびと》は、ふしぎな象《ぞう》の出現《しゅつげん》に、感嘆《かんたん》の声《こえ》をあげた。それから象《ぞう》は広場《ひろば》を横切《よこぎ》って、ちょうど宮殿《きゅうでん》のうしろで姿《すがた》を消《け》したのだった。

――特派員《とくはいん》ヴォワデック・ルシュコフ、象《ぞう》のタイムマシンより。

この報告書《ほうこくしょ》を書《か》いたジャーナリスト、ヴォワデック・ルシュコフとはこのわたしです。わたしたちの旅《たび》は、こうしてはじまったのでした。

さてこれからみなさんに、わたしが体験《たいけん》した、世《よ》にもふしぎな冒険《ぼうけん》の数々《かずかず》を、お話《はな》しすることにしましょう……。

一年《ねん》目《め》の冒《ぼう》険《けん》

広東《カントン》の広場《ひろば》を出《で》ると、象《ぞう》が数歩踏《ふ》み出《だ》すだけで、時間《じかん》はぐんぐん流《なが》れました。時計病《とけいびょう》のおそろしさがわかってからは、乗組員《のりくみいん》はやることなすことに気《き》をつけるようになりました。毎晩《まいばん》のキャンプのために、船長《せんちょう》は注意《ちゅうい》して、戦争《せんそう》や革命《かくめい》、伝染病《でんせんびょう》といったさわぎからほど遠《とお》い時間地方《じかんちほう》を選《えら》びました。テントを安全《あんぜん》な場所《ばしょ》で張《は》るためです。おかげで、頭《あたま》の具合《ぐあい》がおかしくなる人《ひと》はもういませんでした。

また、交代制《こうたいせい》の当直《とうちょく》の時間割《じかんわり》がきちんとできたおかげで、昼《ひる》も夜《よる》も象《ぞう》の見張《みは》りができるようになりました。象《ぞう》を止《と》めるときは、次《つぎ》のような手順《てじゅん》をふみました。一二時間《じかん》ほど進《すす》みつづけたら、象《ぞう》を停止《ていし》させます。それから歴史地図作成係《れきしちずさくせいがかり》が、情報係《じょうほうがかり》に指示《しじ》を出《だ》します。情報係《じょうほうがかり》が必要《ひつよう》な資料《しりょう》を集《あつ》めると、作戦会議《さくせんかいぎ》がひらかれ、象《ぞう》を完全《かんぜん》に止《と》めることを決定《けってい》するのです。もしも会議《かいぎ》が状況《じょうきょう》を危険《きけん》と判断《はんだん》した場合《ばあい》、さらに数《すう》カ月《げつ》離《はな》れた時間《じかん》まで調査《ちょうさ》の足《あし》をのばし、その場所《ばしょ》が歴史的《れきしてき》に見《み》て、安全《あんぜん》かどうかを調《しら》べます。

こうして、スルタン一行《いっこう》の旅《たび》は順調《じゅんちょう》につづいていました。スルタンは、進《すす》んだ距離《きょり》のぶんだけ、女《おんな》の子《こ》に近《ちか》づいていると信《しん》じていました。ただ、スルタンにせっつかれても、船長《せんちょう》はいたずらに速《そく》度《ど》を上《あ》げませんでした。船長《せんちょう》がそんなふうに細心《さいしん》の注意《ちゅうい》をはらっていたおかげで、象《ぞう》はちょうどいい速度《そくど》を維持《いじ》していたのでした。


さて、いくら象《ぞう》の内部《ないぶ》が広《ひろ》いとはいえ、乗客《じょうきゃく》の人数《にんずう》にも限界《げんかい》があります。そのため、スルタンの奥《おく》さんは、たったの五人《にん》だけでした。そして、彼女《かのじょ》たちのお世話《せわ》をするモンゴル人《じん》の付《つ》き人《びと》、宮廷《きゅうてい》のコック、そして五人《にん》のめしつかいのほかに、宮廷《きゅうてい》の人々《ひとびと》は総勢《そうぜい》（大臣《だいじん》はかぞえずに）一四人《にん》でした。ありとあらゆるスケールの大《おお》きさに慣《な》れていたスルタンにとって、これはひじょうに少人数《しょうにんずう》でした。ですから、スルタンが毎日《まいにち》いらいらしてしまうのも、考《かんが》えてみれば当然《とうぜん》のことでした。それどころか、その身分《みぶん》の高《たか》さからすれば、スルタンはじゅうぶんに寛大《かんだい》だったとすらいえるでしょう。この冒険《ぼうけん》には、それだけの価値《かち》があるのです。

乗組員《のりくみいん》は一〇〇人《にん》ほどでしたが、彼《かれ》らは平原《へいげん》にテントを張《は》って、野宿《のじゅく》をしました。もっとも、国《くに》によっては、ねんごろなもてなしを受《う》けることもあります。そんなときは、地元《じもと》の民家《みんか》に宿《やど》を借《か》りることができました。

今回《こんかい》、スルタン一行《いっこう》は手厚《てあつ》いもてなしを受《う》けていたので、何週間《なんしゅうかん》も当地《とうち》にとどまることができました。町《まち》の人々《ひとびと》も、スルタンの訪《おとず》れをよろこんでいました。


スルタンの夫人《ふじん》たちはそれぞれ個性的《こせいてき》で、いつも住民《じゅうみん》たちの注目《ちゅうもく》の的《まと》でした。

ミラベルは、果物《くだもの》のなかで寝《ね》るのが大好《だいす》きで、よくぶどうのお風呂《ふろ》に入《はい》っていました。その歌声《うたごえ》には、どんな男性《だんせい》でもすぐにまいってしまい、恋《こい》におちました。そして、身《み》も心《こころ》もミラベルにささげるようになりました。ミラベルはキスをコレクションしていて、頭《あたま》の中《なか》でしょっちゅうキスの思《おも》い出《で》にふけっていました。たとえ目《め》かくしをしていても、指《ゆび》で相手《あいて》の肌《はだ》にそっと触《ふ》れるだけで、ミラベルにはそれが誰《だれ》だかわかりました。

セルフィユは、世界《せかい》のあらゆる物語《ものがたり》に通《つう》じていました。いちばんの神経質《しんけいしつ》で、話《はな》す言葉《ことば》は早口《はやくち》ですが、すらすらと流《なが》れるように話《はな》しました。セルフィユが男性《だんせい》の額《ひたい》に息《いき》を吹《ふ》きかけるだけで、その人《ひと》はすぐに眠《ねむ》ってしまいました。そして、奇妙《きみょう》な特技《とくぎ》があって、お手玉遊《てだまあそ》びをしたくなったら、自分《じぶん》の足《あし》の指《ゆび》をぜんぶ外《はず》して、それで遊《あそ》ぶことができました。

ラズリは、いちばんひ弱《よわ》でしたが、いちばん気《き》が強《つよ》くもありました。スルタンのハレムでは、ラズリのかんしゃくは伝説《でんせつ》となっていました。実際《じっさい》に見《み》ることはかないませんが、彼女《かのじょ》の怒《おこ》った声《こえ》が象《ぞう》の中《なか》に響《ひび》きわたると、そのあとで他《ほか》の夫人《ふじん》たちの泣《な》き声《ごえ》が聞《き》こえてくるのです。すると、乗組員《のりくみいん》たちは優《やさ》しくほほえんで、ただじっと、この嵐《あらし》が通《とお》り過《す》ぎるのを待《ま》つのでした。ラズリの髪《かみ》はすばらしく美《うつく》しく、一本《ぽん》一本《ぽん》が生《い》き物《もの》のような、すてきな魅力《みりょく》がありました。その髪《かみ》は、切《き》っても夜《よる》のうちにそのぶんまたのびるのです。子《こ》どもたちはラズリが大好《だいす》きでした。ラズリは決《けっ》して悲《かな》しい顔《かお》をすることがなく、気分《きぶん》が沈《しず》むこともほとんどありませんでした。ときどき、ピクルスに糸《いと》を通《とお》してネックレスをつくりました。

パンプリュンヌは、黒人《こくじん》になりたいとずっと夢見《ゆめみ》ていました。そんなわけで、毎日《まいにち》タコの口《くち》から、じかに墨《すみ》のシャワーを浴《あ》びていました。付《つ》き人《びと》がタコを持《も》って、「おいしそうだなあ」とこっそり生《なま》つばを飲《の》み込《こ》みながら、パンプリュンヌに墨《すみ》をかけてやるのです。時間《じかん》をかけてバケツ何杯《なんばい》ぶんもの墨《すみ》を肌《はだ》に染《し》みわたらせていたので、パンプリュンヌは自分《じぶん》の肌《はだ》の色《いろ》が自慢《じまん》でした。そして、つねにもの思《おも》いにふけっていて、その様子《ようす》がまたとてもすてきなのでした。でも、「結婚《けっこん》してください」などと言《い》い寄《よ》るふとどき者《もの》は、痛《いた》い目《め》をみることになりますよ。パンプリュンヌは、ヒョウのように爪《つめ》を出《だ》すことができるのですから。

タリーヌはいたずらが大好《だいす》きで、自分《じぶん》だけのいたずらのこつを身《み》につけていました。そのせいで、やることなすこと、すべてがなぞめいていました。タリーヌはとても忘《わす》れっぽくて、一分《ぷん》おきに「これはなに?」と質問《しつもん》するので、まるでいつも知《し》らない世界《せかい》にいるかのようでした。生《い》きているよろこびにうっとりしたかと思《おも》えば、「あなたすてきね、なんてお名前《なまえ》?」とか、「ここでなにしてるの?」といった質問《しつもん》を何度《なんど》もするのです。テラスでは石《いし》けり遊《あそ》びをして過《す》ごし、お風呂《ふろ》ではおっぱいを鏡《かがみ》にうつして、「いつかここからソーダ水《すい》が出《で》てくるのよ」、とのぞきこむのです。ほら、なぞめいているでしょう? そのうえ、耳《みみ》でくしゃみをしたり、月《つき》のない夜《よる》は空中《くうちゅう》をプールのように泳《およ》いだりしました。タリーヌが象《ぞう》の背中《せなか》のテラスから飛《と》び降《お》りると、目《め》に見《み》えない海《うみ》が彼女《かのじょ》の体《からだ》をふわりと受《う》けとめ、ぷかぷかとただようのでした。そして、水面《すいめん》ならぬ空中《くうちゅう》に浮《う》かんだまま、魚《さかな》の

ように象《ぞう》のまわりを泳《およ》ぎまわりました。

言《い》い争《あらそ》いはいつものことでしたし、旅先《たびさき》で空模様《そらもよう》がくずれたり、なかには汗《あせ》が出《で》なくて困《こま》ったりした乗組員《のりくみいん》もいました。それでもとにかく、用心《ようじん》ぶかい作戦会議《さくせんかいぎ》のおかげで、旅《たび》の最初《さいしょ》の一年間《ねんかん》は、とくにお伝《つた》えするような変《か》わったことはなにひとつありませんでした。スルタンの夢《ゆめ》の中《なか》には、あいかわらずぴかぴかの木《き》でできた女《おんな》の子《こ》がしつこく出《で》てきましたが、その手《て》がかりも、まだなにもありませんでした。

ところが、昨日《きのう》の事件《じけん》で事態《じたい》は一変《いっぺん》したのです。こうしてわたしがまた筆《ふで》をとることになったのも、そのためなのです。

いま、わたしたちがいるのは一九三八年《ねん》の夏《なつ》です。数日前《すうじつまえ》から、大《おお》きな広場《ひろば》に落《お》ち着《つ》き、住民《じゅうみん》からも好意的《こういてき》に迎《むか》えられ、しばしばしあわせなひとときを過《す》ごしていました。耳《みみ》をつんざくような叫《さけ》び声《ごえ》が、のどかな村《むら》をゆるがしたのはそのときです。わたしたちは中央広場《ちゅうおうひろば》にかけつけました。広場《ひろば》に着《つ》いてみると、象《ぞう》の窓《まど》から風《かぜ》が吹《ふ》き出《だ》していました。信《しん》じられないほどはげしい突風《とっぷう》です。はだか同然《どうぜん》のセルフィユがカーテンにしがみつきながら、水平《すいへい》になってその風《かぜ》にゆさぶられ、大声《おおごえ》

で叫《さけ》んでいました。まわりの品々《しなじな》が空中《くうちゅう》に投《な》げ出《だ》されて、あちこちでこなごなにくだけちっていました。まるで火山《かざん》から家具《かぐ》が噴火《ふんか》しているみたいです。

　爆風《ばくふう》がとどろき、絶壁《ぜっぺき》のうえから大河《たいが》が流《なが》れ落《お》ちているかのようでした。次々《つぎつぎ》に空《そら》から降《ふ》ってくるお皿《さら》や椅子《いす》、振《ふ》り子《こ》時計《どけい》などにあたってけがをしないように、それぞれが自分《じぶん》の身《み》を守《まも》りました。テラスの上《うえ》ではスルタンの付《つ》き人《びと》が、象《ぞう》のわき腹《ばら》が空《から》っぽになってゆくさまを眺《なが》めていました。そして、この世《よ》の終《お》わりのような光景《こうけい》に、なにもできないままおろおろしていました。地上《ちじょう》では、スルタンが船長《せんちょう》に大声《おおごえ》で命令《めいれい》を出《だ》し、船長《せんちょう》はそれを中尉《ちゅうい》に伝達《でんたつ》します。中尉《ちゅうい》はさらにそれを少尉《しょうい》たちに叫《さけ》び、命令《めいれい》は波《なみ》のように広《ひろ》がり、全乗組員《ぜんのりくみいん》の耳《みみ》に届《とど》きました。

「テラスにのぼれ！　セルフィユ様《さま》を助《たす》けろ！」と、かけ声《ごえ》もいさましく、猛烈《もうれつ》な勢《いきお》いでいっせいに象《ぞう》へと飛《と》びかかりました。はしごやロープや鉤縄《かぎなわ》を使《つか》って、バルコニーへ突撃《とつげき》です。四〇人以上《にんいじょう》の男《おとこ》たちが、象《ぞう》のテラスによじ登《のぼ》りました。わたしが避難《ひなん》していた木《き》のうしろからでは聞《き》きとれませんでしたが、とり乱《みだ》した付《つ》き人《びと》は大声《おおごえ》でわめきながら、男《おとこ》たちになにか指示《しじ》を出《だ》していました。

　まるで戦争《せんそう》みたいです。地上《ちじょう》から船長《せんちょう》が指揮《しき》をとり、テラスでは少尉《しょうい》たちが救出活動《きゅうしゅつかつどう》のまとめ役《やく》になっていました。風《かぜ》に吹《ふ》き飛《と》ばされた乗組員《のりくみいん》が、あちこちで地面《じめん》にたたきつけられていました。いろいろな家具《かぐ》が降《ふ》ってくる下《した》で、ついでにそれらをくすねながら、看護士《かんごし》もせっせと働《はたら》いていました。それぞれ一〇人《にん》がかりで支《ささ》えているロープにくくりつけられた男《おとこ》がふたり、渦巻《うずま》く風《かぜ》の中《なか》に投下《とうか》され、まだカーテンをしっかりつかんでいるセルフィユと同《おな》じ高《たか》さにゆっくりと降《お》ろされました。いいあんばいで、ひとりがつむじ風《かぜ》を利用《りよう》して彼女《かのじょ》をつかまえ、抱《だ》きとめることができました。乗組員《のりくみいん》たちにひっぱり上《あ》げられてテラスに戻《もど》されたときには、ふたりともぐったりしていました。

それでも、風《かぜ》のはげしさはあいかわらずおさまることなく、広場《ひろば》に砂煙《すなけむり》を巻《ま》き上《あ》げていました。そこで、「窓《まど》を閉《し》めよ！」との命令《めいれい》が出《だ》されました。

象自体《ぞうじたい》を支《ささ》えとする滑車《かっしゃ》をいくつもしかけるのに、科学者《かがくしゃ》たちは一時間以上《じかんいじょう》も奮闘《ふんとう》しなければなりませんでした。窓《まど》の取《と》っ手《て》に固定《こてい》された何本《なんぼん》ものロープが、象《ぞう》の前《まえ》とうしろに、地上《ちじょう》まで垂《た》れ下《さ》がりました。そこなら竜巻《たつまき》の風《かぜ》は届《とど》きません。馬《うま》と牛《うし》と人間《にんげん》が力《ちから》を合《あ》わせてロープをひっぱって窓《まど》を閉《し》め、とうとうこのおそろしい大風《おおかぜ》を止《と》めることができました。

一〇人《にん》ほどの水夫《すいふ》が、ただちにあげ板式《いたしき》の入《い》り口《ぐち》から象《ぞう》のおなかに入《はい》りこみ、まもなくこの大風《おおかぜ》の出所《でどころ》を発見《はっけん》しました。キッチンの部屋《へや》の床《ゆか》の一部《いちぶ》に、大《おお》きな穴《あな》があいていたのです。キッチンは、象《ぞう》の体《からだ》の中《なか》でもいちばん深《ふか》いところにあって、キッチンより下《した》に部屋《へや》はありません。ですが、キッチンの床《ゆか》にぽっかりと開《ひら》いた黒《くろ》い穴《あな》は、その底《そこ》が見《み》えませんでした。これは、たいそう気味《きみ》の悪《わる》い発見《はっけん》でした。大臣《だいじん》はこの裂《さ》け目《め》をふさぐよう命令《めいれい》しました。もっとも、すぐにはふさがずに、まずはこのなぞの穴《あな》を調査《ちょうさ》しなければなりません。みなさんもおどろいたでしょうが、とにかくわけのわからないことだらけだったのです。そんなわけで、こんな貼《は》り紙《がみ》が出《だ》されました。

「徹底調査《てっていちょうさ》がすむまでは、コック以外《いがい》は誰《だれ》であってもこのキッチンに立《た》ち入《い》ることを禁《きん》ず」。

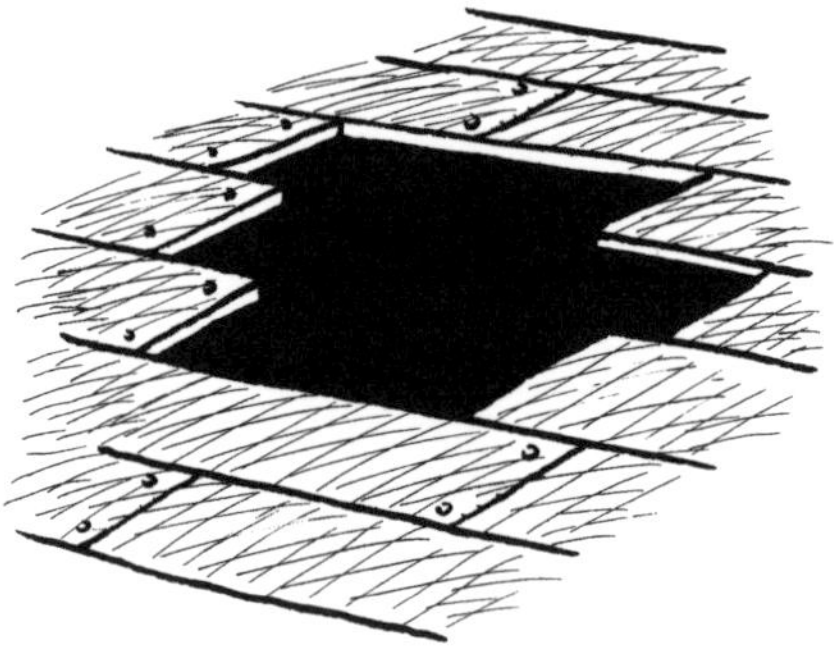

象《ぞう》のおなか

さて、わたしにはジャーナリストとしての使命《しめい》があるので、ここでひとつ、ひみつを打《う》ちあけなければなりません。象《ぞう》のおなかになぞの穴《あな》が発見《はっけん》されたことで、立《た》ち入《い》り禁止《きんし》の規則《きそく》ができたのはお伝《つた》えしたとおりですが、じつはわたしはその規則《きそく》を破《やぶ》ることになってしまったのです。「どうりでまわりくどい言《い》い方《かた》なわけだ」とお察《さっ》しいただけるでしょう。職業柄《しょくぎょうがら》、わたしはあなたがたに真《しん》実《じつ》を伝《つた》えることにいのちをかけています。いいわけのようですが、それゆえの、ささやかな好奇心《こうきしん》にかられた行動《こうどう》だったのです。

わたしに割《わ》りあてられた船室《せんしつ》は、せまいとはいえ、すてきな小箱《こばこ》のようでした。すみからすみまで高級木材《こうきゅうもくざい》でできており、象牙《ぞうげ》や宝石《ほうせき》、貴金属《ききんぞく》をはめこんだ細工《さいく》がほどこされています。めしつかいたちがいつもぴかぴかにみがいてくれるこの船室《せんしつ》からは、うっとりするような匂《にお》いがたちのぼり、千夜一夜物語《せんやいちやものがたり》さながらの美《うつく》しさでした。ばら色《いろ》の模様《もよう》が入《はい》った大理石《だいりせき》でできた天井《てんじょう》はゆるやかなアーチを描《えが》き、壁《かべ》にすえられた小《ちい》さな泉《いずみ》が反射《はんしゃ》して、きらきらとかがやいていました。窓《まど》がないため、外《そと》から明《あ》かりは入《はい》りませんでしたが、そのかわりにとても明《あか》るいオイルランプがひとつ、頭上《ずじょう》にすえられていました。ちょうどいい具合《ぐあい》に戸棚《とだな》が置《お》かれ、壁《かべ》に収納《しゅうのう》できる板《いた》が仕事机《しごとづくえ》のかわりになりました。そう、象《ぞう》の動《うご》きに合《あ》わせて静《しず》かにゆれるこの宝石箱《ほうせきばこ》は、くつろぐのにもってこいの部屋《へや》だったのです。

小《ちい》さいベッドに横《よこ》たわっていたとき、わたしはふと思《おも》いたちました。「そうだ、ベッドの下《した》にある本棚《ほんだな》を整理《せいり》しなきゃいけなかったな」。そこで、よつんばいになって、本棚《ほんだな》の中《なか》にもぐりこみ、科学《かがく》や歴史《れきし》の本《ほん》を並《なら》べ替《か》えていると、床《ゆか》の小《ちい》さな割《わ》れ目《め》に気《き》がつきました。

なんだろうと思《おも》って表面《ひょうめん》を手《て》で払《はら》ってみると、五〇センチくらいの正方形《せいほうけい》をした、まわりとは別《べつ》の色《いろ》の板《いた》が目《め》に入《はい》りました。それは、どう見《み》てもあげ板式《いたしき》のとびらでした。「こんなところにとびらがあるなんて」とおどろきながら、板《いた》のふちをかなづちでたたいてみると、突然《とつぜん》、板《いた》が顔《かお》めがけてふっ飛《と》んできました。それと同時《どうじ》に、強《つよ》い風《かぜ》が部屋《へや》に吹《ふ》き上《あ》がりましたが、すぐにこの部屋《へや》の小《ちい》ささにあわせて弱《よわ》まりました。そして、井戸《いど》のようにぽっかりあいた穴《あな》から、ひんやりとした空気《くうき》が流《なが》れてきました。そのとき室内《しつない》の温度計《おんどけい》は、摂氏七度《せっしど》を示《しめ》していました。おそるおそる、穴《あな》へと身《み》をかがめてみると……。そこから見《み》えたのは、信《しん》じられない光景《こうけい》でした。いいえ、どんなにおおげさな言葉《ことば》を並《なら》べたてても、その光景《こうけい》を説明《せつめい》する足《た》しにはなりません！

穴《あな》の下《した》には、一辺《ぺん》一〇〇メートルほどの巨大《きょだい》な部屋《へや》が広《ひろ》がり、わたしは高《たか》さ三〇メートルもある高《たか》い天井《てんじょう》から、部屋《へや》を見下《みお》ろしているかっこうでした。わたしにとって、一生《いっしょう》に一度《いちど》の大《だい》スクープです。恐怖心《きょうふしん》をおさえ、非常用具箱《ひじょうようぐばこ》のロープを数本《すうほん》つかみとると、それをおのの柄《え》に結《むす》びつけました。上着《うわぎ》とランタンを準備《じゅんび》して、穴《あな》の両《りょう》はしにひっかかるように柄《え》を渡《わた》し置《お》き、ロープをするすると下《お》ろします。そして穴《あな》をくぐって、ロープを下《お》りはじめました。そのとき、この大発見《だいはっけん》の手《て》がかりをこれっぽっちも残《のこ》さないように、本棚《ほんだな》の扉《とびら》を閉《し》めるのを忘《わす》れませんでした。

どうにか下《した》までたどり着《つ》くと、その部屋《へや》はさらに巨大《きょだい》に見《み》えました。ふわふわのちりでできたもやが、くるぶしまでただよっていて、そのもやの下《した》がどうなっているのか、ほとんど見《み》えませんでした。支柱《しちゅう》はなく、御影石《みかげいし》の壁《かべ》が、巨大《きょだい》な天井《てんじょう》をささえていました。幾何学模様《きかがくもよう》の石材《せきざい》がごろごろしていて、インカ文明《ぶんめい》の遺跡《いせき》を思《おも》わせました。あたりに満《み》ちている光《ひかり》の出所《でどころ》は見《み》あたらず、壁《かべ》そのものが明《あか》るいようでした。わたしの周囲《しゅうい》には、ヤシの葉《は》でやさしくあおがれたように、ちりがいくつも渦《うず》まいていました。そのせいで、長方形《ちょうほうけい》をした大《おお》きな床《ゆか》のタイルがちらちらと見《み》えるのですが、そのタイルはすべすべとなめらかで、すき間《ま》なく敷《し》き詰《つ》められていました。ちりは灰色《はいいろ》で細《こま》かく、重《おも》たい煙《けむり》のように、ゆっくりと形《かたち》を変《か》えながら、ふわふわとただよいつづけていました。それは、ものぐさな雲《くも》でできた一種《いっしゅ》の池《いけ》でした。池《いけ》に小石《こいし》を投《な》げると波紋《はもん》がたつように、もやの波《なみ》が同心円《どうしんえん》状《じょう》に広《ひろ》がってゆくのです。音《おと》はやわらかく響《ひび》き、そのため部屋《へや》全体《ぜんたい》には、安全《あんぜん》な、わたしを歓迎《かんげい》するような雰囲気《ふんいき》がありました。

壁《かべ》の一角《いっかく》に、銅《どう》と銀《ぎん》でできたものものしい両開《りょうびら》きのとびらがあり、それがこの部屋《へや》でたったひとつの出口《でぐち》でした。とびらの片方《かたほう》は開《ひら》いたままで、簡単《かんたん》に通《とお》れるだけのすき間《ま》が開《あ》いていました。おそるおそる顔《かお》を出《だ》して、あたりを観察《かんさつ》しました。ふしぎなことに外《そと》は真《ま》っ暗《くら》で、見《み》たところ月《つき》もありません。こい霧《きり》がしめっていることから、いばらなどの低木《ていぼく》や、つたが生《お》い茂《しげ》っているのだろうと思《おも》われました。足元《あしもと》からは、ところどころ草《くさ》の生《は》えた石《いし》だたみの道《みち》が一本《いっぽん》、まっすぐ闇《やみ》の中《なか》へとつづいていました。

そこでわたしは、勇気《ゆうき》をふりしぼりました。頭《あたま》では引《ひ》き返《かえ》すべきだとわかっていながら、いささかも迷《まよ》うことなく、このいのちがけの探検《たんけん》をつづけようと決心《けっしん》したのです！　はたしてわたしは戻《もど》ってこられるのでしょうか？　あらたに出現《しゅつげん》したなぞの世界《せかい》に深入《ふかい》りするな

ど、頭《あたま》がどうかしていたのではないでしょうか？　しかし、ジャーナリストたるわたしには、この決断《けつだん》以外《いがい》に選《えら》ぶ道《みち》はありませんでした。読者《どくしゃ》のみなさん、どうぞ見守《みまも》っていてください！

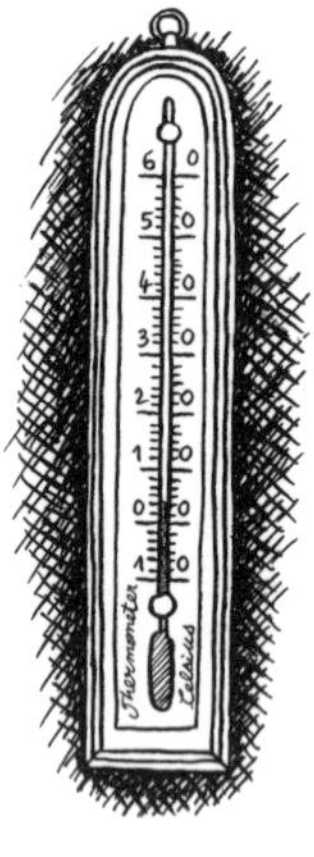

出《で》会《あ》い

そんなわけで、わたしはランタンに灯《ひ》をともし、石《いし》だたみの道《みち》を進《すす》みはじめました。頭《あたま》の中《なか》はすっかりこんがらがっていました。ただ、あたりに動物《どうぶつ》の鳴《な》き声《ごえ》がしないので安心《あんしん》でした。三〇分《ぷん》も歩《ある》きつづけると、ようやくもやが薄《うす》くなってきました。船室《せんしつ》を出発《しゅっぱつ》してから、象《ぞう》のおなかの中《なか》で歩《ある》いた時間《じかん》を考《かんが》えると、一キロほど進《すす》んだでしょうか？　急《きゅう》に、なんの前触《まえぶ》れもなしにあたりが明《あか》るくなり、視界《しかい》がはっきりしてきました。もやがとつぜん晴《は》れたことに、わたしはおどろきました。

それはまるで、室内《しつない》からバルコニーへと出《で》たかのようでした。そこには、想像《そうぞう》を絶《ぜっ》する風景《ふうけい》が広《ひろ》がっていました。わたしは丘《おか》の上《うえ》にいて、足元《あしもと》には、山々《やまやま》に囲《かこ》まれた広大《こうだい》な砂漠《さばく》が広《ひろ》がっていました。

砂漠《さばく》は、はるか一〇〇キロから三〇〇キロほどの楕円《だえん》状《じょう》に広《ひろ》がっています。それはまぎれもなく、月《つき》の世界《せかい》でした……。帯状《おびじょう》に広《ひろ》がるでこぼこの隆起《りゅうき》が、遠《とお》くに影絵《かげえ》となってくっきり浮《う》かび上《あ》がり、火山《かざん》はそのレース模様《もよう》をなしていました。いくつかの火山《かざん》があちこちで煙《けむり》をあげていましたが、その動《うご》きは、写真《しゃしん》を見《み》ているかのように静《しず》かでした。植物《しょくぶつ》にせよ、小動物《しょうどうぶつ》にせよ、この静《しず》けさを乱《みだ》すものはなにひとつありません。おとぎ話《ばなし》に出《で》てくるようなこの盆地《ぼんち》には、ひたすら静《しず》かな、沈黙《ちんもく》が横《よこ》たわっていました。

ふしぎな光景《こうけい》と、ひどい暑《あつ》さにうろたえたわたしは、思《おも》わず近《ちか》くの岩《いわ》に腰《こし》を下《お》ろしました。でも、それはまちがいでした！　すわった岩《いわ》は、焼《や》けるように熱《あつ》かったのです。おしりをやけどして、わたしは飛《と》び上《あ》がりました。

そして、まわりを見回《みまわ》しました。「くそ！　いったいどうなってるんだ！」。まったく、すべてが異常《いじょう》でした。ここでは、夕暮《ゆうぐ》れどきの光《ひかり》が、じつは夜明《よあ》けを示《しめ》しているらしいのです。でもいちばんおどろいたのは、空《そら》に境界線《きょうかいせん》があることでした。わたしの右側《みぎがわ》は昼間《ひるま》でしたが、わたしの左側《ひだりがわ》は夜《よる》でした。空《そら》から巨大《きょだい》な黒《くろ》い紙《かみ》が一枚《まい》降《お》りていて、かみそりで切《き》ったかのように景色《けしき》を分断《ぶんだん》しており、左側《ひだりがわ》に広《ひろ》がる砂漠《さばく》や山々《やまやま》を夜《よる》の闇《やみ》に沈《しず》めていました。空《そら》は、ケーキのようにふたつに切《き》られて、昼《ひる》と夜《よる》に分《わ》かれているのです。わたしは闇《やみ》の中《なか》へ、そっと腕《うで》をのばしてみました。すると、わたしの腕《うで》は、黒《くろ》い闇《やみ》の中《なか》に消《き》えました。そこで、顔《かお》を入《い》れてのぞいてみると、景色《けしき》のつづきが、天《あま》の川《がわ》に照《て》らされているのがわかりました。次《つぎ》に、わたしは境界線《きょうかいせん》のこちら側《がわ》からあちら側《がわ》へと移動《いどう》してみました。子《こ》どもだって、ここまではしゃぎはしないでしょう。でも、まるで家《いえ》のカーテンを通《とお》り抜《ぬ》けるように、昼《ひる》から夜《よる》へと移動《いどう》するおもしろさときたら！

そのうちに、これでおどろくのはまだ早《はや》いと思《おも》い直《なお》して、もう一度《いちど》あたりをよく観察《かんさつ》してみることにしました。ふむ、闇《やみ》と光《ひかり》のあいだには、やっぱり境界線《きょうかいせん》がありました。しかし、どう考《かんが》えてもふしぎなのは、結局《けっきょく》のところ、わたしが象《ぞう》のおなかの中《なか》にいるということでした。

ところが、さらに驚愕《きょうがく》の事実《じじつ》を知《し》り、わたしは脳天《のうてん》を射抜《いぬ》かれたような衝撃《しょうげき》を受《う》けました。地上《ちじょう》で信《しん》じていたことは、まったくひっくり返《かえ》されました。足《あし》の先《さき》から頭《あたま》の先《さき》までかたまって、脳《のう》みそは米《こめ》つぶみたいに縮《ちぢ》んでしまったほどです。わたしはただただ、呆然《ぼうぜん》とするばかりでした。なんと空《そら》に、月《つき》のかわりに地球《ちきゅう》が浮《う》かんでいたのです……。美《うつく》しい、半月状《はんげつじょう》の地球《ちきゅう》が！

わたしは、月《つき》の三倍《ばい》はあろうかという、巨大《きょだい》な地球《ちきゅう》の光《ひかり》に照《て》らされていたのです！　地球《ちきゅう》では、大陸《たいりく》が青《あお》い光《ひかり》にひたされているのが見《み》えました。その青《あお》のまばゆく、魅惑的《みわくてき》で雄大《ゆうだい》なこと！　地球《ちきゅう》は、風《かぜ》のない夜《よる》に、ぽっかりと浮《う》かぶ風船《ふうせん》のようです……。

わたしの理性《りせい》は、なんとか正気《しょうき》に戻《もど》ろうと必死《ひっし》でした。「あっちが地球《ちきゅう》ということは、つまり、わたしは月《つき》の上《うえ》にいることになるぞ。荒《あ》れはてた月《つき》の谷《たに》に！　切断《せつだん》されたこの景色《けしき》の正体《しょうたい》は、月《つき》の影《かげ》の部分《ぶぶん》なのだ。こちら側《がわ》は、地球《ちきゅう》から見《み》ても黒《くろ》くて見《み》えない、隠《かく》れた部分《ぶぶん》ということか……」。
わたしは身《み》ぶるいしました。「どうして月《つき》にいながら、地球《ちきゅう》で象《ぞう》のおなかの中《なか》にいるなんてことができるのだろう？　あそこに見《み》える地球《ちきゅう》の大陸《たいりく》のどこかで、象《ぞう》はいまも歩《ある》きつづけているはずだ。体《からだ》はひとつしかないのに、どうして同時《どうじ》にふたりになれるのだ？　頭《あたま》の中《なか》でなら、今《いま》の自分《じぶん》と昔《むかし》の自分《じぶん》のふたりになれるけど、体《からだ》はどうすればふたつになれる？　どうして同《おな》じ瞬間《しゅんかん》に、べつべつの場所《ばしょ》で、好《す》き勝手《かって》に動《うご》けるんだ？　……まったく、この旅行《りょこう》はなぞだらけだ！」。

この疑問《ぎもん》をひとまずおいて、わたしは昼間《ひるま》の部分《ぶぶん》へと飛《と》びこみました。いちばんかしこい決断《けつだん》は、道《みち》を引《ひ》き返《かえ》すことでした。すると突然《とつぜん》、突風《とっぷう》が起《お》こり、わたしは地面《じめん》に投《な》げ出《だ》されました。ランタンが岩場《いわば》の上《うえ》へころがります。竜巻《たつまき》は数秒間《すうびょうかん》つづき、砂漠《さばく》の中《なか》をさまよっていました。ふるえながら、わたしはその広大《こうだい》な谷《たに》に目《め》をやりました。そのとき、視界《しかい》のはしになにかがひっかかりました。丘《おか》の向《む》こうに、火山《かざん》とはちがう白《しろ》い煙《けむり》が、空《そら》に一本《いっぽん》、柱《はしら》を立《た》てていました。

次々《つぎつぎ》と起《お》こるふしぎな出来事《できごと》に、わたしがいちいちおどろかされてきたことは、これまでお話《はな》ししたとおりです。でも、もうびっくりするのもばからしくなってきたので、あれこれ考《かんが》えずに、煙《けむり》

の正体《しょうたい》をたしかめようと、とにかく行《い》ってみることにしました。地面《じめん》は歩《ある》きやすく、おかげで早々《そうそう》に小高《こだか》い丘《おか》の上《うえ》に到着《とうちゃく》しました。そこでわたしは岩《いわ》かげに隠《かく》れて、心《こころ》ゆくまで煙《けむり》の観察《かんさつ》を行《おこな》うことができました。思《おも》ったとおりでした。白《しろ》い柱《はしら》は、たき火《び》から出《で》ているものでした。そのたき火《び》の真《ま》上《うえ》にある金属《きんぞく》の台《だい》には、鋼鉄《こうてつ》のロケットのようなものがのっていて、そのロケットには、とげとげのびょうがちりばめられていました。空《そら》に向《む》けて立《た》てられたロケットは、わきだす煙《けむり》に包《つつ》まれて、幽霊《ゆうれい》みたいです。

「こんな砂漠《さばく》のはずれに、こんなものがあるなんて、どうしたことだろう?」。もっと近《ちか》づきたかったのですが、近《ちか》くでなにかが動《うご》いたのに気《き》づいて、わたしはすぐに踏《ふ》みとどまりました。ふたたび気《き》を引《ひ》き締《し》め、全神経《ぜんしんけい》を集中《しゅうちゅう》させて、岩《いわ》かげから様子《ようす》をうかがうと……。

そこにいたのは、五、六歳《さい》くらいのまだ小《ち》さい女《おんな》の子《こ》でした。女《おんな》の子《こ》は、両手《りょうて》をのばしてスカートのはしを前《まえ》に持《も》ち上《あ》げ、その上《うえ》にどっさり木《き》の枝《えだ》をのせて運《はこ》んでいるのでした。女《おんな》の子《こ》がたき火《び》に近《ちか》づくのを見《み》ながら、わたしはなんだか、全体《ぜんたい》の大《おお》きさのバランスがおかしいことに気《き》がつきました。砂《すな》の上《うえ》に腹《はら》ばいになっているわたしの前《まえ》で、女《おんな》の子《こ》は身《み》をかがめて、たきぎの山《やま》を降《お》ろしてから、また立《た》ち上《あ》がりました。なんと、女《おんな》の子《こ》の背《せ》は、五メートル以上《いじょう》もあったのです!

恐怖《きょうふ》のあまり、ふるえがとまりませんでした。「勇気《ゆうき》にだって限界《げんかい》があるんだ」と、わたしは自《じ》分《ぶん》にいいわけしました。体《からだ》はへとへとでしたが、いちもくさんに、船室《せんしつ》へと逃《に》げ帰《かえ》りました。

嵐《あらし》

わたしが象のタイムマシンの自分《じぶん》の部屋《へや》に戻《もど》ると、船室《せんしつ》はひどくゆれていて、わたしは壁《かべ》に何度《なんど》も頭《あたま》をぶつけることになりました。

象《ぞう》は、ひどい道《みち》を進《すす》んでいるようでした。様子《ようす》を見《み》ようと、廊下《ろうか》に出《で》てテラスへと向《む》かう途中《とちゅう》で、スルタンの付《つ》き人《びと》と顔《かお》を合《あ》わせました。向《む》こうはわたしを見《み》て、とてもおどろいているようです。話《はなし》を聞《き》くと、なんと、わたしは一ヵ月《げつ》以《い》上《じょう》も前《まえ》から行方《ゆくえ》がわからなくなっていたのでした。何度《なんど》もみんなで探《さが》したけれども見《み》つからないので、いまでは行方《ゆくえ》不明者《ふめいしゃ》と見《み》なされていたのです。

そこでわたしは、いいわけのために、大《おお》うそをでっちあげなければなりませんでした。読者《どくしゃ》のみなさんには、なんともお許《ゆる》しいただきたいところです。みなさんには、このうそを無理《むり》にお聞《き》かせしようとは思《おも》いません。なにしろ、わたしの説明《せつめい》がぐねぐねと曲《ま》がりくねるうちに、付《つ》き人《びと》はさっぱり話《はなし》についてこられなくなって、すっかりとほうにくれてしまいましたからね。そのうちに、自《じ》分《ぶん》ででっちあげた話《はなし》のせいでわたしも頭《あたま》がくらくらしてきましたが、なんとか首尾《しゅび》よく、相手《あいて》を煙《けむ》に巻《ま》き、ごまかすことに成功《せいこう》しました。

話《はなし》を聞《き》いていた付《つ》き人《びと》の頭《あたま》の中《なか》は、底《そこ》なし沼《ぬま》にはまったも同然《どうぜん》でした。それは、トカゲでも蚊《か》と間違《まちが》えて自分《じぶん》の尻尾《しっぽ》をぱくりとやってしまうほど、底《そこ》の見《み》えない、にごった沼《ぬま》です。でも、付《つ》き人《びと》もさすがに黙《だま》ってはいなくて、「スルタンには、もっとましないいわけを用意《ようい》しておくことだな」とひと言《こと》ありました。

やれやれ、面倒《めんどう》なことになりました。新《あたら》しい問題《もんだい》に頭《あたま》を悩《なや》ませながら、わたしは壁《かべ》にぶつかりつつ、テラスへの階段《かいだん》をよじのぼりました。テラスに出《で》ると、まずバケツ一杯《いっぱい》ほどの水《みず》をかぶりました。勢《いきお》いあまって、その拍子《ひょうし》にわたしは手《て》すりにたたきつけられました。どうにか立《た》ったところに、バケツの水《みず》がもう一杯《いっぱい》やってきました。同時《どうじ》に、床《ゆか》が反対方向《はんたいほうこう》にかたむき、反対側《はんたいがわ》の手《て》すりに向《むか》っていっきに滑《すべ》りました。わたしは手《て》すりにしっかりとしがみつきながら、象《ぞう》の両側《りょうがわ》で、波《なみ》の山《やま》がいくつもはげしく動《うご》いているのを見《み》ました。わたしたちは、象《ぞう》ごと、船《ふね》の上《うえ》にいるのでした。そしてその船《ふね》は、おそろしい嵐《あらし》にあおられ、投《な》げ出《だ》されては、尻《しり》もちをつくようにゆれていました。当然《とうぜん》ながら、テラスにいたのはわたしだけで、そんなところにいる頭《あたま》のいかれた乗組員《のりくみいん》は、ひとりもいませんでした。
横《よこ》なぐりの波《なみ》をかぶり、波《なみ》にゆさぶられ、波《なみ》に打《う》たれながら、象《ぞう》は貨物船《かもつせん》の上《うえ》にいました。何本《なんぼん》ものロープでしっかりとくくられ、固定《こてい》された象《ぞう》は、貨物船《かもつせん》の動《うご》きにあわせて体重《たいじゅう》のバランスをとり、なんとか身《み》を守《まも》っていました。もっとも、実際《じっさい》には乗組員《のりくみいん》たちが必死《ひっし》で操作《そうさ》にあたっていて、象《ぞう》の関節《かんせつ》をうまい具合《ぐあい》に動《うご》かしているのでした。海《うみ》の神《かみ》ネプチューンの怒《いか》りにふれたような、はげしい嵐《あらし》のなかにいると、象《ぞう》はますます巨大《きょだい》に、ますます堂々《どうどう》と、りっぱに見《み》えました。

大《おお》きく鼻《はな》をゆすりながら、象《ぞう》がおたけびをあげるので、海《うみ》と象《ぞう》のどちらがすさまじいのか、見《み》わけがつきません。まるで、象《ぞう》がすすんで海《うみ》とたたかい、船《ふね》が沈《しず》まないのは、その決死《けっし》の勇気《ゆうき》と怒《いか》りのおかげであるかのようです。つらなる波《なみ》の壁《かべ》に象《ぞう》が立《た》ち向《む》かうと、波《なみ》があとずさりしているように見《み》えました。なんてすばらしい、われらが象《ぞう》！　竜巻《たつまき》の雲《くも》のかたまりの中《なか》をすごいスピードでかけぬける機関車《きかんしゃ》のように、おごそかで、いさましい象《ぞう》！

あとで知《し》ったのですが、わたしたちは東満州《ひがしまんしゅう》の港《みなと》から太平洋《たいへいよう》をわたり、アメリカへゆく貨物船《かもつせん》に乗《の》ったのでした。こんな大荒《おおあ》れの海《うみ》に「太平洋《たいへいよう》」とは、なんとふざけた名前《なまえ》でしょう……。

突然《とつぜん》、貨物船《かもつせん》の煙突《えんとつ》が倒《たお》れました。さいわいにも後方《こうほう》に倒《たお》れたので、象《ぞう》は被害《ひがい》をまぬがれました。はっとして、わたしたちは象《ぞう》をつないでいるロープをはずそうと決心《けっしん》しました。象《ぞう》が浮《う》くかどうかは知《し》るよしもありませんでしたが、可能性《かのうせい》がある以上《いじょう》は、試《ため》すほかありません。船《ふね》の機関室《きかんしつ》からは、巨大《きょだい》な炎《ほのお》があがりました。あちこちで爆発《ばくはつ》がつづき、海面《かいめん》に流《なが》れ出《で》たガソリンに引火《いんか》して火事《かじ》となり、巨大《きょだい》な炎《ほのお》のじゅうたんがひろがりました。救命《きゅうめい》ボートはすべて煙《けむり》にのみこまれていて、水面《すいめん》に降《お》ろすことはできません。船乗《ふなの》りたちは大声《おおごえ》で叫《さけ》んでいました。それから、わたしたちはいそいで海《うみ》にとびこみました。

そのときです。象《ぞう》が例《れい》のおなじみの発作《ほっさ》をおこしました。沈《しず》みかかる貨物船《かもつせん》の甲板《かんぱん》を滑《すべ》りながら、象《ぞう》は大《おお》きな鳴《な》き声《ごえ》をあげて耳《みみ》をばたつかせ、海《うみ》を鼻《はな》で打《う》ち、さらに牙《きば》をつきたてました。わたしたちは、あわててその場《ば》から泳《およ》いで離《はな》れなければなりませんでした。もっとも、象《ぞう》のたてる波《なみ》がそれを手伝《てつだ》ってくれましたが。

宮廷《きゅうてい》の貴族《きぞく》たちは象《ぞう》の中《なか》に残《のこ》っていて、目《め》の前《まえ》の事故《じこ》を呆然《ぼうぜん》と眺《なが》めていました。貨物船《かもつせん》が完全《かんぜん》に沈《しず》みきる前《まえ》に、象《ぞう》の発作《ほっさ》は突然《とつぜん》おさまりました。静《しず》まった象《ぞう》は、しばらくすると、ぷかぷか浮《う》かぶ丘《おか》になりました。運《うん》のいいことに、象《ぞう》はちゃんと水《みず》に浮《う》いたのです。

生存者《せいぞんしゃ》が次々《つぎつぎ》に引《ひ》き上《あ》げられ、いまや巨大《きょだい》な救命《きゅうめい》ボートとなった象《ぞう》に、みんな心《こころ》から感謝《かんしゃ》していました。

象《ぞう》は、バルコニーを水面《すいめん》すれすれにして浮《う》いていました。頭《あたま》は海《うみ》から出《で》ていましたが、機関室《きかんしつ》は完全《かんぜん》に水没《すいぼつ》してしまって、まったくコントロールがききません。わたしたちは海《うみ》の腕《うで》の中《なか》でゆすられるビンのようでした。

こうして、象《ぞう》は小船《こぶね》として生《う》まれ変《か》わったのでした。テラスや頭《あたま》の上《うえ》など、水面《すいめん》から出《で》ている場所《ばしょ》すべてに人《ひと》があふれて、ぎゅうぎゅうになりました。ちなみに、寝室《しんしつ》や船内《せんない》、そしてバルコニーは、貴族《きぞく》たち専用《せんよう》にあけわたさなければなりませんでした。

乗組員《のりくみいん》の何人《なんにん》かは、水筒《すいとう》やら、まな板《いた》やら、いろいろな道具《どうぐ》を事故《じこ》から回収《かいしゅう》することができました。そこで、船長《せんちょう》はあり合《あ》わせのデッキを作《つく》らせて、それを象《ぞう》のしっぽにひっかけました。これでようやく、全員《ぜんいん》が腰《こし》を降《お》ろすことができました。不便《ふべん》でしたが、しかたがないでしょう。

嵐《あらし》は三日三晩《みっかみばん》つづきました。生活《せいかつ》は不便《ふべん》でしたが、わたしにはそれがありがたく思《おも》えました。というのも、廊下《ろうか》でスルタンとすれちがっても、行方不明者《ゆくえふめいしゃ》であるわたしがいることにおどろく余裕《よゆう》はなさそうだったからです。夫人《ふじん》たちがひとり残《のこ》らず体調《たいちょう》をくずしていたので、スルタンは夫人《ふじん》たちのお見舞《みま》いでたいへんだったのです。やがて、疲《つか》れきったスルタンは、とうとう眠《ねむ》ってしまいました。すると、どんな魔法《まほう》がおきたのか、乗組員全員《のりくみいんぜんいん》もスルタンといっしょに眠《ねむ》りにつきました。

この探検《たんけん》は、まったく奇妙《きみょう》な冒険《ぼうけん》です。わたしたちの世界《せかい》のとなりには、異次元《いじげん》の世界《せかい》がずらりとならんでいます。この世界《せかい》は、おたがい目《め》には見《み》えないけれど、迷路《めいろ》に迷《まよ》いこんだ幽霊《ゆうれい》たちのように、ときどきはちあわせをするようです。つまり、わたしたちは全員《ぜんいん》、同《おな》じ夢《ゆめ》を同時《どうじ》に見《み》たのです。夢《ゆめ》の中《なか》では、さんさんと照《て》る太陽《たいよう》と、雲《くも》ひとつない空《そら》の下《した》で、クジラの群《む》れが貨物船《かもつせん》をひっぱっていました。クジラの数《かず》は四頭《とう》。船《ふね》につながれた太《ふと》い綱《づな》を首《くび》にひっかけて、それぞれロープを引《ひ》っぱっているのです。尾《お》びれで水《みず》をかきながら、水面《すいめん》をすいすいと泳《およ》いでいました。

クジラの背中《せなか》には、船乗《ふなの》りがひとりずつしっかりと手綱《たづな》につかまりながら、波間《なみま》にもぐったり浮《う》かんだりしていました。水《みず》にもぐるのはとても短《みじか》いあいだでしたが、そのつど、直前《ちょくぜん》に大《おお》きく息《いき》を吸《す》いこんでいました。象使《ぞうつか》いなら、象《ぞう》の背中《せなか》でそうするように、彼《かれ》らは足《あし》でクジラたちに指示《しじ》を出《だ》していました。

鏡《かがみ》のようにきらきらと輝《かがや》く、おだやかな海《うみ》でした。のどかな光景《こうけい》をゆったりと眺《なが》めていると、そのときです！　カバに乗《の》った、五メートルもある大《おお》きな女《おんな》の子《こ》、だけど年《とし》は幼《おさな》い小《ちい》さな女《おんな》の子《こ》が、クジラ一行《いっこう》のあとを追《お》って、あらわれたのです。女《おんな》の子《こ》は、楽《たの》しそうに手《て》をたたいていました。

「あの子《こ》だ！」。わたしは叫《さけ》びました。「わたしが月《つき》で見《み》た女《おんな》の子《こ》だ！」。そこで乗組員《のりくみいん》は全員《ぜんいん》目《め》を覚《さ》まして、同《おな》じ夢《ゆめ》を見《み》ていたことを知《し》っておどろきました。わたしたちは、あいかわらず象《ぞう》の上《うえ》でした。少《すこ》し前《まえ》まで荒《あ》れていた海《うみ》も、いまや銀《ぎん》の皿《さら》のように静《しず》まり、その上《うえ》に、われらが象《ぞう》は、おそなえのように乗《の》っていました……。

いくらでも魚《さかな》が釣《つ》れるうえに、船倉《ふなぐら》には暖房用《だんぼうよう》のたきぎがたくさん積《つ》んであったので、このたび水上《すいじょう》レストランとなったデッキの上《うえ》で、わたしたちは魚《さかな》のバーベキューを楽《たの》しむことができました。テラスの日《ひ》かげにある大寝室《だいしんしつ》は、昼《ひる》も夜《よる》も活躍《かつやく》していました。乗組員《のりくみいん》は四つのチームにわかれ、釣《つ》り、バーベキュー、水浴《みずあ》び、昼寝《ひるね》、それからさいころ遊《あそ》びやトランプやチェスといったゲームで、時間《じかん》をつぶしました。

わたしたちは、退屈《たいくつ》とつきあうのがとても上手《じょうず》だったので、天《あま》の川《がわ》のようにきらめくバルパライソの港《みなと》の明《あ》かりを目《め》にするまでの日々《ひび》は、あっという間《ま》でした。

「陸《りく》だ！」と見張《みは》りが叫《さけ》び、めいめいが上陸《じょうりく》の準備《じゅんび》をしました。

しかし問題《もんだい》は、わたしたちが一九七三年《ねん》九月《がつ》、チリ・クーデターのまっただ中《なか》に降《お》りたってしまったということです。

牢《ろう》獄《ごく》からの脱《だっ》出《しゅつ》

わたしたちは港《みなと》に着《つ》くなり、まるでゴミのようなひどい扱《あつか》いを受《う》けました。ゴミはゴミ箱《ばこ》へ、わたしたちはそのままバルパライソの牢《ろう》獄《ごく》へ、というわけです。牢《ろう》獄《ごく》は丘《おか》の上《うえ》に建《た》ち、皮《ひ》肉《にく》にも苦《く》労《ろう》して渡《わた》ってきたばかりの海《うみ》がよく見《み》えました。

象《ぞう》は戦《せん》車《しゃ》にかこまれて、牢《ろう》獄《ごく》まで運《はこ》ばれました。そのとき、スルタンと船《せん》長《ちょう》がキッチンでなにやら熱《ねっ》心《しん》に相《そう》談《だん》しているのを見《み》かけました。キッチンといえば、風《かぜ》の吹《ふ》き出《で》てきたあのなぞの穴《あな》のある部《へ》屋《や》です。「牢《ろう》獄《ごく》の中《なか》は、夫《ふ》人《じん》たちにはつらいだろう。いまのうちにその穴《あな》に隠《かく》れてもらうのはどうだろう?」というのが相《そう》談《だん》の内《ない》容《よう》でした。

そこで、わたしはふたりの会《かい》話《わ》に割《わ》って入《はい》りました。本《ほん》棚《だな》の穴《あな》から象《ぞう》のおなかに入《はい》って、月《つき》の世《せ》界《かい》を発《はっ》見《けん》した冒《ぼう》険《けん》談《だん》を話《はな》して聞《き》かせたのです。規《き》則《そく》違《い》反《はん》をとがめられるかとも思《おも》いましたが、心《しん》配《ぱい》は無《む》用《よう》でした。話《はなし》が話《はなし》なだけに、ふたりともすっかりおどろいていました。なにげなく開《あ》けたトランクから、思《おも》わぬ幸運《こううん》が飛《と》び出《だ》してきたかのように、わたしの話《はなし》は歓迎《かんげい》されました。すっかり得意《とくい》になって、わたしはふたりを船室《せんしつ》に迎《むか》え入《い》れました。わたしが本棚《ほんだな》の底《そこ》のあげ板《いた》をはね上《あ》げると、ふたりは、ひとりずつ身《み》をかがめて穴《あな》をのぞきこんでいました。もう考《かんが》えるひまはありませんでした。夫人《ふじん》たちは荷物《にもつ》をまとめると、信用《しんよう》できるお供《とも》ふたりとコックを連《つ》れて、穴《あな》へと身《み》をかくしました。本棚《ほんだな》の穴《あな》を通《とお》って、すでにお話《はな》ししたあの大《おお》きな部屋《へや》へと、天井《てんじょう》から降《お》りていったのです。

わたしたちはといえば、かれこれ五日間《いつかかん》もバルパライソの大牢獄《だいろうごく》に閉《と》じこめられていました。象《ぞう》はぐったりとしていましたが、それでも、強《つよ》い日差《ひざ》しのそそぐ中庭《なかにわ》のまん中《なか》に、堂々《どうどう》とした姿《すがた》で立《た》っていました。

貴族《きぞく》たちも、乗組員《のりくみいん》も、いっしょくたになって、四〇人《にん》ずつのグループでせまい牢屋《ろうや》に押《お》しこまれました。そのため、寝《ね》るときには、天井《てんじょう》にすえられた板張《いたば》りの中《ちゅう》二階《かい》で、かわりばんこに眠《ねむ》らなければなりませんでした。なんとか息《いき》はできましたが、みんなおたがいきゅうくつにじっと立《た》っているしかありませんでした。スルタンと大臣《だいじん》たち、そして船長《せんちょう》の居心地《いごこち》を少《すこ》しでもよくするために、わたしたちはできる限《かぎ》り努力《どりょく》しました。この三者《しゃ》は、ベッドでももちろん特別《とくべつ》に広《ひろ》いスペースを使《つか》うことができました。そして、下《した》に降《お》りてきても、もともとぎゅうぎゅうなのにさらにみんなが場《ば》所《しょ》をつめて、この身分《みぶん》の高《たか》い人《ひと》たちに触《ふ》れないように最大限《さいだいげん》の敬意《けいい》をはらいました。トイレには、バケツを使《つか》いました。

スルタンは四二号室《ごうしつ》、船長《せんちょう》は五三号室《ごうしつ》、そして大臣《だいじん》たちは三八号室《ごうしつ》と三九号室《ごうしつ》でした。運《うん》のいいことに、付《つ》き人《びと》はスルタンといっしょのままで、わたしは船長《せんちょう》と同《おな》じ牢屋《ろうや》にいました。

おたがいに連絡《れんらく》をとるために、わたしたちはみんなで合唱団《がっしょうだん》のように歌《うた》を歌《うた》いました。打《う》ち合《あ》わせはそれぞれグループごとに行《おこな》われました。暗号係《あんごうがかり》があらかじめみんなにモールス信号《しんごう》を教《おし》えておいたのです。乗組員《のりくみいん》がひとり、即席《そくせき》の指揮者《しきしゃ》に選《えら》ばれました。彼《かれ》がさまざまなメッセージを送《おく》り、それが牢獄《ろうごく》の廊下《ろうか》に広《ひろ》がってゆくのでした。低《ひく》い歌声《うたごえ》はトン、高《たか》い歌声《うたごえ》ならツーです。どの部屋《へや》の合唱団《がっしょうだん》の音合《おとあ》わせも完璧《かんぺき》だったので、歌《うた》の暗号《あんごう》を解読《かいどく》するのは簡単《かんたん》でした。こうしたささいなやりとりのおかげで、わたしたちは元気《げんき》になれました。中心《ちゅうしん》となる連絡《れんらく》はやはり、たいせつな夫人《ふじん》たちの運命《うんめい》と、乗組員《のりくみいん》としてなすべきこと、そして脱出計画《だっしゅつけいかく》に関《かん》するものでした。

毎晩日《まいばんひ》が沈《しず》むと、スルタンは付《つ》き人《びと》といっしょに、神《かみ》のお告《つ》げを受《う》ける儀式《ぎしき》をおこないました。そのためには、数人《すうにん》がかりで付《つ》き人《びと》を持《も》ち上《あ》げ、髪《かみ》の毛《け》を中二階《ちゅうかい》にひっかけてやらなければなりません。こうして床《ゆか》から五〇センチのところに吊《つ》るされたまま、付《つ》き人《びと》はぎりぎりと思《おも》い切《き》り歯《は》をく

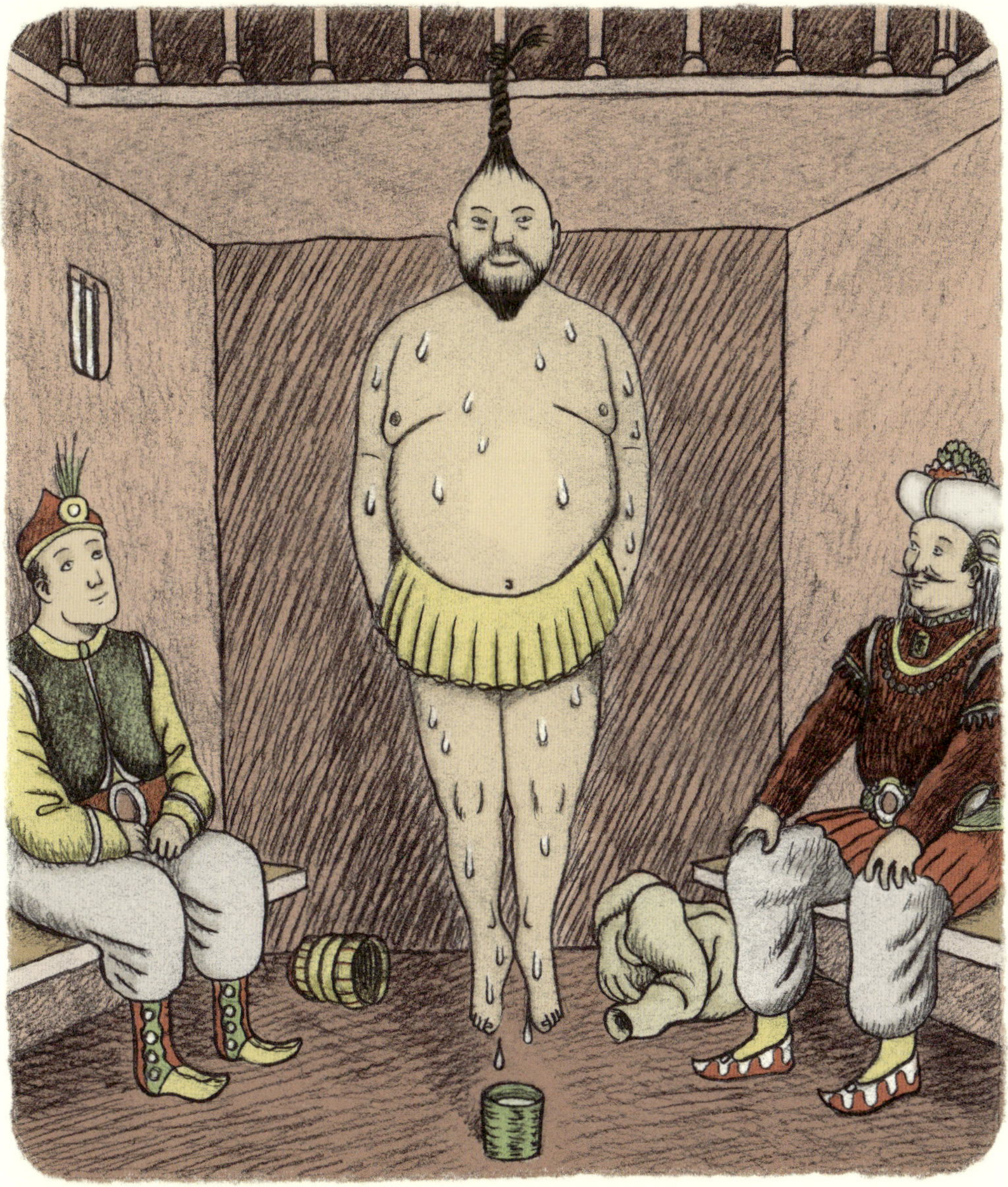

いしばるのです。そのせいでこめかみから汗《あせ》が出《で》て、その汗《あせ》はひげをつたってぽたぽたとコップにたまっていきます。すると、スルタンはこの魔法《まほう》の薬《くすり》——といえるのならばですが——をおもむろに飲《の》み干《ほ》して、中《ちゅう》二階《かい》に横《よこ》たわりました。あとは、スルタンが夢《ゆめ》の中《なか》でお告《つ》げを受《う》けることを期待《きたい》して、次《つぎ》の日《ひ》の朝《あさ》を待《ま》つだけです。はたして五日目《いつかめ》に、スルタンはすっかり興奮《こうふん》してがばっと身《み》を起《お》こし、お告《つ》げによる脱出計画《だっしゅつけいかく》をわたしたちに説明《せつめい》しました。

トイレのバケツは、誰《だれ》かひとりが毎日《まいにち》中庭《なかにわ》の奥《おく》まで捨《す》てにゆく規則《きそく》になっていました。それぞれの牢屋《ろうや》からひとりずつですから、バケツの中身《なかみ》を捨《す》てにゆく人数《にんずう》は牢獄全体《ろうごくぜんたい》の部屋《へや》の数《かず》と同《おな》じだけ、つまり一〇〇人《にん》ばかりの大行列《だいぎょうれつ》になります。みんなで中庭《なかにわ》に一列《いちれつ》に並《なら》んで順番《じゅんばん》を待《ま》つのですが、そのとき象《ぞう》のすぐ近《ちか》くも通《とお》るのでした。お告《つ》げの命令《めいれい》はこうでした。「トイレにバケツを使《つか》うのをやめて、バケツに汗《あせ》をたっぷりためるべし！」。とにかく暑《あつ》かったので、この作戦《さくせん》を実行《じっこう》するのは朝《あさ》飯前《めしまえ》でした。こうして、一五リットルのバケツに四杯分《はいぶん》、全部《ぜんぶ》で六〇リットルの汗《あせ》がたまりました。

これだけの汗《あせ》があれば、象《ぞう》は時間《じかん》をかるくひとまたぎできるはずでした。象《ぞう》を何日《なんにち》かあとまで移《い》動《どう》させて、突然牢獄《とつぜんろうごく》のまん中《なか》に姿《すがた》をあらわし、みんなをおどろかせてやろうという作戦《さくせん》です。四つの牢屋《ろうや》からひとりずつ、乗組員《のりくみいん》が選《えら》ばれました。足《あし》の速《はや》い、えり抜《ぬ》きの四人《にん》です。一日《いちにち》の終《お》わりに、四人《にん》はなにくわぬ顔《かお》でバケツ係《がかり》たちの行列《ぎょうれつ》に混《ま》じっていました。やがて象《ぞう》の近《ちか》くまでくると、いちもくさんに象《ぞう》の機関室《きかんしつ》へとかけこみました。見張《みは》り番《ばん》たちはあっけにとられてそれを眺《なが》めていました。それはそうでしょう、てっきり汚《きたな》いトイレの中身《なかみ》だと思《おも》っていたのに、バケツの中身《なかみ》を大事《だいじ》そうに全部《ぜんぶ》ボイラーに空《あ》けてしまったのですから。四人《にん》はさっそく運転《うんてん》にとりかかり、三〇秒《びょう》とたたずに象《ぞう》は動《うご》きはじめました。いつもと違《ちが》って四人《にん》しかいないので、象《ぞう》を動《うご》かすのはたいへんでした。ですが、姿《すがた》を消《け》してそこから数日《すうじつ》だけ時間《じかん》を移動《いどう》するには、足踏《あしぶ》みを一回《いっかい》だけすればいいのです。大丈夫《だいじょうぶ》、ほらできました!

象《ぞう》に乗《の》りこんだ四人組《にんぐみ》が、脱出《だっしゅつ》のおぜんだてをととのえるのに、わたしたちの時間《じかん》で一カ月《げつ》かかりました。姿《すがた》を消《け》すためには歩《ある》きつづけなければなりませんが、あまり歩《ある》きすぎると未来《みらい》に進《すす》みすぎてしまいます。だから象《ぞう》は、一歩一歩《いっぽいっぽ》ゆっくりと、中庭《なかにわ》を歩《ある》き回《まわ》るのでした。夜《よる》になるとときどき立《た》ち止《と》まって、すこしだけ鳴《な》き声《ごえ》をあげました。おかげで、バルパライソの牢獄《ろうごく》には象《ぞう》のお化《ば》けが出《で》ると、街中《まちじゅう》がうわさするようになりました。でもわたしたちにとっては、夜《よ》な夜《よ》な聞《き》こえてくる象《ぞう》の鳴《な》き声《ごえ》は希望《きぼう》の光《ひかり》でした。みんな自然《しぜん》に笑顔《えがお》になるので、その笑顔《えがお》のために牢獄全体《ろうごくぜんたい》が明《あか》るくなったようでした。

ともあれ、とうとう作戦当日《さくせんとうじつ》です。三〇日目《にちめ》の明《あ》け方《がた》に、牢獄《ろうごく》の所長《しょちょう》の部屋《へや》から火《ひ》の手《て》が上《あ》がりました。あきらかに、あのえり抜《ぬ》きの四人《にん》のしわざです。こちらの作戦《さくせん》どおり、突然《とつぜん》の大火事《おおかじ》に見張《みは》り番《ばん》たちは右往左往《うおうさおう》の大混乱《だいこんらん》になりました。そうこうするうちに、火薬庫《かやくこ》に火《ひ》が近《ちか》づいてきました。火《ひ》が燃《も》えうつったら大爆発《だいばくはつ》です。そうならないように、見張《みは》り番《ばん》たちはあわてて全員《ぜんいん》で火薬庫《かやくこ》へとかけつけて、消火《しょうか》活動《かつどう》をはじめました。中庭《なかにわ》の中央《ちゅうおう》では、象《ぞう》が突然《とつぜん》姿《すがた》を見《み》せ、鳴《な》き声《ごえ》をあげていました。こちらに火《ひ》の海《うみ》、あちらにあばれ象《ぞう》、というおそろしい光景《こうけい》を前《まえ》に、見張《みは》り番《ばん》たちは呆然《ぼうぜん》としていました。なかには、象《ぞう》を鉄砲《てっぽう》で攻撃《こうげき》するふとどき者《もの》もいましたが、鋼鉄《こうてつ》の象《ぞう》の体《からだ》には、かすり傷《きず》ひとつつけられませんでした。

鍵《かぎ》をうばい、牢屋《ろうや》のとびらを開《あ》けると、みんなはいっせいに廊下《ろうか》にとび出《だ》しました。中庭《なかにわ》の象《ぞう》に全員《ぜんいん》集合《しゅうごう》です。この脱出《だっしゅつ》のためにたっぷり一カ月《げつ》もかけて念入《ねんい》りに準備《じゅんび》したのですから、ぬかりはありません。ものの三分《ぷん》で乗組員《のりくみいん》は全員《ぜんいん》自分《じぶん》の持《も》ち場《ば》に舞《ま》い戻《もど》り、一五秒後《びょうご》にはわたしたちは次《つぎ》の日《ひ》へと移動《いどう》していました。象《ぞう》は、牢獄《ろうごく》の入《い》り口《ぐち》にある大《おお》きなとびらをこなごなに踏《ふ》みつぶしました。その力強《ちからづよ》さに、牢屋《ろうや》から解放《かいほう》された人々《ひとびと》が、大歓声《だいかんせい》をあげました。

こうして、スルタンはようやく、夫人《ふじん》たちを隠《かく》れ家《が》暮《ぐ》らしから呼《よ》び戻《もど》すことができました。ところが、彼女《かのじょ》たちはきょとんとしていました。それもそのはずで、こちらでひと月《つき》たつあいだ、月《つき》の世界《せかい》では、ほんの数分《すうふん》しかたっていなかったのです。

鳥《とり》

数《すう》カ月《げつ》がたちました。わたしたちは、アルゼンチンの大平原《だいへいげん》を横切《よこぎ》っていました。ある晩《ばん》のことです。象《ぞう》が大《おお》きな口《くち》を開《あ》けていびきをかいていると、その口《くち》の中《なか》に二羽《わ》の鳥《とり》がものすごい勢《いきお》いで飛《と》びこんできました。

鳥《とり》たちは疲《つか》れはてていました。一週間《しゅうかん》以《い》上《じょう》ものあいだ、イナゴの大群《たいぐん》に追《お》いかけられていたのです。イナゴなんて小《ちい》さなバッタじゃないか、と思《おも》うかも知《し》れません。でもそれは、幅《はば》二キロ、長《なが》さ五キロにもおよぶイナゴの大群《たいぐん》だったのです。そんなとき、どっしりとした鋼鉄《こうてつ》のかたまりを見《み》つけて、鳥《とり》たちはもうここに逃《に》げこむしかないと思《おも》ったのでした。イナゴから隠《かく》れるのにちょうどいいほら穴《あな》に逃《に》げこんだら、それが象《ぞう》の口《くち》だったというわけです。思《おも》ったとおり、イナゴの群《む》れは象《ぞう》にぶつかるとすぐに砕《くだ》け散《ち》りました。まるで特攻隊《とっこうたい》の飛行機《ひこうき》のようでした。あるいは、自動車《じどうしゃ》を運《うん》転《てん》しているときに、向《む》こうから大量《たいりょう》の蚊《か》がフロントガラスにぶつかってきたみたいでした。

海《うみ》の嵐《あらし》をのりこえたと思《おも》ったら、今度《こんど》はイナゴの嵐《あらし》です。乗組員《のりくみいん》たちははね起《お》きました。臨時《りんじ》キャンプのテントでは、ひとたまりもないので、象《ぞう》の両脇《りょうわき》のかげに急《いそ》いで避難《ひなん》しました。盾《たて》や分厚《ぶあつ》い毛布《もうふ》など、イナゴから身《み》を守《まも》るのに使《つか》えそうなものが、かたっぱしから引《ひ》っぱり出《だ》されます。みんなひどいパニックになっていて、なにが起《お》きているのか、どうすればいいのか、まったくわかりませんでした。ふだんは取《と》り乱《みだ》すことのない船長《せんちょう》ですら、一分《ぶん》とかからずに次《つぎ》から次《つぎ》へと人間《にんげん》がイナゴに丸《まる》ごと食《た》べられてしまうのを見《み》て、あぜんとしていました。魔法《まほう》でも使《つか》ったかのように、骨《ほね》のかけらにいたるまで、ちりひとつ残《のこ》りませんでした。

そうやって何人《なんにん》が死《し》んだでしょう？　三〇人《にん》？　四〇人《にん》？　テントが遠《とお》すぎた乗組員《のりくみいん》は、象《ぞう》に避《ひ》難《なん》してくるあいだに全滅《ぜんめつ》してしまいました……。

二〇分《ぶん》たっても、イナゴの大群《たいぐん》はしつこくわたしたちをおそっていました。スルタンの付《つ》き人《びと》が、なにやら大《おお》きななべを引《ひ》っぱり出《だ》してきました。それはいのちがけの作戦《さくせん》でした。付《つ》き人《びと》は、煮《に》えたぎる油《あぶら》のはいったなべをテラスまで運《はこ》び、そこで火《ひ》をつけました。

その油《あぶら》には、なにが混《ま》ぜてあったのかって？　それは付《つ》き人《びと》にしかわかりません。とにかく、こい煙《けむり》が一瞬《いっしゅん》にして立《た》ち上《のぼ》り、象《ぞう》のまわりをおおいました。こんな煙《けむり》、見《み》たことがありません。この煙《けむり》は効果《こうか》てきめんで、イナゴたちはあわてて逃《に》げていきました。ところが、すぐにうしろから他《ほか》のイナゴがぐいぐいと押《お》し寄《よ》せてくるものだから、押《お》されたイナゴは煙《けむり》の中《なか》につっこむしかありません。こうしてあえなく死《し》んでしまったイナゴは、からからに乾《かわ》いたうろこのようになって、空《そら》から雨《あめ》あられと落《お》ちてきました。まるで、黒《くろ》い雪《ゆき》でも降《ふ》っているかのような眺《なが》めでした。この煙《けむり》は、きのこのようなかさをつくって、わたしたちを守《まも》ってくれました。おかげで、安心《あんしん》してなべにたきぎを足《た》すことができました。テラスには、イナゴがどっさりと山盛《やまも》りになってしまったので、ほうきとちりとりを使《つか》って大《おお》そうじが行《おこな》われました。まもなく象《ぞう》のまわりにも、なべで煙《けむり》を出《だ》すための火元《ひもと》をつくるようにしました。こうして、自由《じゆう》に動《うご》き回《まわ》れる場所《ばしょ》がしだいに広《ひろ》がっていきました。

やがて、乾燥《かんそう》イナゴの処理場《しょりじょう》ができました。大《おお》きな作業場《さぎょうば》がふたつつくられ、そこでイナゴを燃《も》やして灰《はい》にするのです。いくつものなべからもくもくと煙《けむり》が立《た》ち上《のぼ》り、ぱちぱちと音《おと》を立《た》てて炎《ほのお》はゆらめいています。そんな中《なか》を乗組員《のりくみいん》がひっきりなしに行《い》ったり来《き》たりするので、まるでヒエロニムス・ボスの絵《え》のような悪夢《あくむ》の世界《せかい》に迷《まよ》いこんでしまったかのようでした。

そんなにたいへんだったら、イナゴのいないところまで時間《じかん》を移動《いどう》してしまえばいいのに、と思《おも》われるかもしれません。たしかに、そのための燃料《ねんりょう》の汗《あせ》にはことかきませんでした。ですが、こんなに人手不足《ひとでぶそく》なのに、未来《みらい》へ旅立《たびだ》つために一部《いちぶ》の乗組員《のりくみいん》を象《ぞう》の操縦《そうじゅう》に回《まわ》すなど考《かんが》えられませんでし

た。げんに、どさどさとものすごい勢《いきお》いで落《お》ちてくるイナゴの量《りょう》を考《かんが》えると、処理場《しょりじょう》には一刻《いっこく》の猶《ゆう》予《よ》も許《ゆる》されません。船長《せんちょう》の決《き》めた当番《とうばん》の順序《じゅんじょ》に従《したが》って、たっぷり三日三晩《みっかみばん》のあいだ、働《はたら》きどおしでした。日《ひ》の出《で》の光《ひかり》を浴《あ》びて、ふと気《き》がつくと、ようやくこの大群《たいぐん》の完全《かんぜん》な撲滅《ぼくめつ》まであとひとふんばり、というところまできていたのでした。

　こうした大騒動《おおそうどう》の起《お》きているあいだに、コックはキッチンで二羽《わ》の鳥《とり》を見《み》つけました。おびえているのと疲《つか》れているのとで、二羽《わ》とも身《み》をすくめてぶるぶると震《ふる》えているのでした。コックはかわいそうに思《おも》い、その二羽《わ》を棚《たな》の中《なか》に住《す》まわせてやることにしました。ところが何日《なんにち》かして、雌《めす》が卵《たまご》を五〇個《こ》ほど産《う》んだのです。この知《し》らせをきいてスルタンは考《かんが》えこんでしまいました。象《ぞう》の中《なか》が鳥《とり》だらけになるのは気《き》が進《すす》みませんが、かといって、一度《いちど》はかくまった鳥《とり》をまた外《そと》へ追《お》い出《だ》してしまっては、ばちがあたるようにも思《おも》われます。ただちに会議《かいぎ》が開《ひら》かれて、二日後《ふつかご》にその審議結果《しんぎけっか》が発《はっ》表《ぴょう》されました。結果《けっか》は次《つぎ》のとおりです。

「鳥《とり》たちが象《ぞう》の中《なか》に暮《く》らすのは、望《のぞ》ましいことである」。

　そもそも、話《はなし》をきいてうかれた夫人《ふじん》たちがさっさと鳥小屋《とりごや》をこしらえてしまったので、なるほどもっともな結果《けっか》でしょう。鳥小屋《とりごや》では、すでに最初《さいしょ》のヒナたちが元気《げんき》に動《うご》き回《まわ》っていました。なにしろ、卵《たまご》のかえる早《はや》さが（たぶん象《ぞう》の時間旅行《じかんりょこう》のせいで）とてつもなく早《はや》いのです。ヒナたちは、数時間《すうじかん》でおとなになりました。

また、「鳥小屋《とりごや》をつくることは、望《のぞ》ましいことである」とも発表《はっぴょう》されました。ただしそれには条件《じょうけん》があって、鳥《とり》の数《かず》が増《ふ》えすぎないようにしなければなりません。全体《ぜんたい》の数《かず》は五〇羽《わ》に決《き》められました。

さらに、「まだかえらない卵《たまご》は、乗組員《のりくみいん》の食糧《しょくりょう》にあてることが望《のぞ》ましい」とも発表《はっぴょう》されました。オムレツ、固《かた》ゆで卵《たまご》、半熟卵《はんじゅくたまご》、とろとろ卵《たまご》……、メニューはいろいろです。

鳥《とり》の数《かず》が五〇羽《わ》をこえた場合《ばあい》、そのぶんだけ象《ぞう》のおしりの穴《あな》から飛《と》び立《た》たせることに決《き》まりました。鳥小屋《とりごや》は象《ぞう》のおしりにあったので、そうするのがいちばん便利《べんり》だったのです。こうして、ときどき象《ぞう》のしっぽがひょいと持《も》ち上《あ》がると、そこから鳥《とり》がぱたぱたと空《そら》へ飛《と》び立《た》ってゆくのでした。鳥《とり》の数《かず》は一〇羽《わ》あまりのときもあれば、もっとたくさんのときもありました。

スルタンはこのアイデアをたいへん気《き》に入《い》りました。鳥《とり》をはなすとき、地上《ちじょう》では決《き》まって人々《ひとびと》があっけにとられています。みんなが「おやまあ！」と口《くち》をぽかんと開《あ》けて目《め》を空《そら》に向《む》けるので、スルタンは大得意《だいとくい》でした。そんなとき、かの名高《なだか》い映像《えいぞう》の魔術師《まじゅつし》ジョルジュ・メリエスになって、見《み》たこともないふしぎな映画《えいが》で、観客《かんきゃく》をびっくりさせている気分《きぶん》になるのでした。

スルタンの決心《けっしん》

アンデス山脈《さんみゃく》をこえ、アルゼンチンの大平原《だいへいげん》をわたりきって、わたしたちはブラジルにたどりつきました。目《め》の前《まえ》には、また海《うみ》が広《ひろ》がっています。そう、大西洋《たいせいよう》です！

ある朝《あさ》、スルタンはごきげんで目《め》を覚《さ》ましました。こんな夢《ゆめ》を見《み》たからです。海《うみ》の底《そこ》で、例《れい》の巨《きょ》人《じん》の女《おんな》の子《こ》が、小《ちい》さなタコといっしょに散歩《さんぽ》している夢《ゆめ》です。女《おんな》の子《こ》が白《しろ》い石《いし》を拾《ひろ》って、向《む》こうに投《な》げます。すると、タコはいなずまのような速《はや》さで、ひと泳《およ》ぎで石《いし》を拾《ひろ》って戻《もど》ってきます。女《おんな》の子《こ》が、片手《かたて》でタコの足《あし》をぎゅっとにぎって、反対《はんたい》の手《て》でタコをこちょこちょくすぐると、タコは笑《わら》って、ぶくぶくとあぶくを出《だ》しました。それから、女《おんな》の子《こ》は貨物船《かもつせん》を岩《いわ》の壁《かべ》にちくちくと縫《ぬ》いつけるのです。二メートルもある大《おお》きな針《はり》と、金属《きんぞく》ケーブルでできた糸《いと》を使《つか》っていました。

そんな夢《ゆめ》を見《み》たので、スルタンはひらめきました。「象《ぞう》で海《うみ》の底《そこ》を歩《ある》いてゆこう。そうすれば、夢《ゆめ》の中《なか》で女《おんな》の子《こ》が遊《あそ》んでいた場所《ばしょ》も、簡単《かんたん》に見《み》つかるにちがいない！」。

おまけにスルタンは、ちょうど海《うみ》の抜《ぬ》け道《みち》を発見《はっけん》したいと思《おも》っていたところでした。ふたつの大陸《たいりく》をむすぶ新《あたら》しい海路《かいろ》の第一発見者《だいいちはっけんしゃ》になりたかったのです。もう勝手《かって》に、「スルタンの海底《かいてい》ルート」と名前《なまえ》までつけていました！

大臣《だいじん》たちはあわてて、とんでもないことだと言《い》いだしました。「そのような冒険《ぼうけん》は、まったく、危険《きけん》が大《おお》きすぎます。海《うみ》の底《そこ》の水圧《すいあつ》はそうとうなものです。その水圧《すいあつ》に、象《ぞう》はきっと耐《た》えられません」。ですが、スルタンはいっさい聞《き》く耳《みみ》をもちませんでした。彼《かれ》の反論《はんろん》はこうでした。「よいか、海《うみ》の底《そこ》は地上《ちじょう》の裏返《うらがえ》しだ。海《うみ》の底《そこ》にある山脈《さんみゃく》や大平原《だいへいげん》や丘《おか》は、すべて地上《ちじょう》と同《おな》じものなのだ。これまでわしたちは、山脈《さんみゃく》をこえ、大平原《だいへいげん》をわたり、丘《おか》をこえてきたではないか。地上《ちじょう》でできたことが海《うみ》の底《そこ》でできないはずがない」。

それからのことを、どうお話《はな》したらいいでしょう？　とにかくみんな、準備《じゅんび》におおわらわでした。われらが誇《ほこ》る科学者《かがくしゃ》たちは、むずかしい計算《けいさん》をたくさんしては、さまざまな機械《きかい》を設計《せっけい》し、念入《ねんい》りにしあげていきました。最初《さいしょ》のうちはたいへんでしたが、やがてみんながこの計画《けいかく》に熱中《ねっちゅう》しはじめました。この探検《たんけん》のけたちがいのスケールの大《おお》きさに乗組員《のりくみいん》もどんどん夢中《むちゅう》になってきたようです。

工事《こうじ》は、まるまる一年《ねん》かかりました。そのあいだに、乗組員《のりくみいん》は象《ぞう》のおなかに月《つき》の王国《おうこく》をつくりました。一年《ねん》という時間《じかん》を利用《りよう》して、乗組員《のりくみいん》はいろいろなことをしました。まず、月《つき》の土地《とち》を調査《ちょうさ》して、村《むら》をいくつかつくりました。次《つぎ》に、ブラジルの港《みなと》で出会《であ》った現地《げんち》の人々《ひとびと》に、月《つき》の村《むら》で暮《く》らしてもらうことにしました。さらには、彼《かれ》らのために、土地《とち》を耕《たがや》したり、家畜《かちく》を連《つ》れてきたり、果物《くだもの》の木《き》を植《う》えたりしました。鉱山《こうざん》が発見《はっけん》されて、銅《どう》やダイヤモンドや石炭《せきたん》がとれるようになりました。

さらに発見《はっけん》がありました。あげ板《いた》を開《あ》けたままにしておけば、月《つき》の時間《じかん》と象《ぞう》の時間《じかん》のバランスがとれることがわかったのです。これでも浦島太郎《うらしまたろう》のような思《おも》いをすることはありません。わたしが月《つき》の世界《せかい》を探検《たんけん》していた数時間《すうじかん》で、象《ぞう》の中《なか》ではひと月以上《つきいじょう》が過《す》ぎていて、わたしは行方不明《ゆくえふめい》になったと思《おも》われました。また、わたしたちが牢獄《ろうごく》を脱出《だっしゅつ》するまでのひと月《つき》は、象《ぞう》のおなかにいた夫人《ふじん》たちにとっては、ほんの数分《すうふん》のことでした。あげ板《いた》を開《あ》けておけば、こんなことはもう起《お》こらないのです。そんなわけで、わたしの船室《せんしつ》は、働《はたら》く人々《ひとびと》が行《ゆ》き来《き》する出入《でい》り口《ぐち》になってしまいました。

わたしが月《つき》の世界《せかい》で、巨人《きょじん》の女《おんな》の子《こ》を見《み》かけたことは、スルタンにちゃんと報告《ほうこく》してありました。ですが、月《つき》には女《おんな》の子《こ》の手《て》がかりはなにひとつ残《のこ》っていませんでした。ただ、わたしが女《おんな》の子《こ》を見《み》かけた場所《ばしょ》には、うっすらとクレーターが残《のこ》っていました。巨人《きょじん》の女《おんな》の子《こ》は、ひょっとして、あのロケットに乗《の》りこんで、地球《ちきゅう》へと飛《と》び立《た》ったのでしょうか？

海《うみ》へ

出発《しゅっぱつ》の日《ひ》になりました。

象《ぞう》は、海《うみ》に向《む》かって砂浜《すなはま》を進《すす》みました。砂浜《すなはま》がなだらかに海《うみ》へつづいていたので、わたしたちはゆっくりと海《うみ》に入《はい》ってゆくことができました。雲《くも》が低《ひく》く垂《た》れこめているせいで、空《そら》はうすぐらく、重《おも》たい雨《あめ》が海《うみ》にぽつぽつとふっていました。潮《しお》が満《み》ちるとともに、さざなみが寄《よ》せては返《かえ》し、砂《すな》の上《うえ》を眠《ねむ》たげになでていました。景色《けしき》はものうげな表情《ひょうじょう》でした。

水《みず》が入《はい》ってこないように、象《ぞう》はすき間《ま》というすき間《ま》をすっかりふさがれていました。テラスは金《きん》属製《ぞくせい》の骨組《ほねぐみ》で補強《ほきょう》され、その上《うえ》に大《おお》きなガラスの半球《はんきゅう》がでんと覆《おお》いかぶさっています。うしろのほうにある機関室《きかんしつ》は、びょうを打《う》たれた金属製《きんぞくせい》のものものしい密室《みっしつ》になっていて、壁《かべ》には窓《まど》がついていました。四本《ほん》の足《あし》の裏《うら》には、おもりがわりに、特製《とくせい》の鉄《てつ》のかたまりが取《と》り付《つ》けられ、そのせいで、象《ぞう》の歩《ある》き方《かた》はぎこちなくなっていました。というのも、一歩《いっぽ》進《すす》むごとに、象《ぞう》はたっぷり一メートルも砂《すな》に沈《しず》みこんでいたからです。あとに残《のこ》った足跡《あしあと》は、ぶあつく積《つ》もった粉雪《こなゆき》の上《うえ》を馬《うま》が歩《ある》いたかのようでした。

みんなはそれぞれの持《も》ち場《ば》できぱきと働《はたら》いていました。象《ぞう》で働《はたら》く乗組員《のりくみいん》の数《かず》は六〇人《にん》になりました。あとの乗組員《のりくみいん》は、象《ぞう》のおなかの、ふしぎな大部屋《おおべや》で待機《たいき》していました。そのほうが、いろいろと便利《べんり》なのでした。

貴族《きぞく》たちは、全員《ぜんいん》テラスでなりゆきを見守《みまも》っていました。ドーム状《じょう》のコックピットが海水《かいすい》につかってゆくのを内側《うちがわ》から見《み》ながら、みんなは感動《かんどう》でため息《いき》をつきました。やがて、ガラスの半球《はんきゅう》に雨《あめ》のあたる音《おと》が聞《き》こえなくなり、かわりに、魔法《まほう》にかかったような静《しず》けさがおとずれました。ガラスの外《そと》では、象《ぞう》の巻《ま》き上《あ》げた砂《すな》が一面《いちめん》に渦巻《うずま》いています。こうして、わたしたちは静《しず》かに海《うみ》の底《そこ》へともぐってゆきました。

まもなく海底《かいてい》の傾斜《けいしゃ》がけわしくなって、しだいに闇《やみ》が広《ひろ》がってきました。「明《あ》かりをつけよ！」と船長《せんちょう》が命令《めいれい》しました。三つの巨大《きょだい》な水中《すいちゅう》ライトがともされ、象《ぞう》の一五メートルほど上《うえ》に、ぽっかりと風船《ふうせん》のようにライトが浮《う》かべられました。これは、ガス班長《はんちょう》たちの自信作《じしんさく》でした。九カ月《げつ》かけて研究《けんきゅう》に研究《けんきゅう》を重《かさ》ねた結果《けっか》、ようやく開発《かいはつ》にこぎつけたのです。

ライトの明《あ》かりは、高《たか》さ四メートルまで燃《も》え上《あ》がり、うつくしい白《しろ》い光《ひかり》で水中《すいちゅう》を照《て》らしました。それはまるで、暗《くら》い洞窟《どうくつ》を照《て》らすたいまつでした。この水中《すいちゅう》ライトの燃料《ねんりょう》は、さまざまな金属《きんぞく》の化《か》合物《ごうぶつ》でした。見《み》た目《め》には、金属《きんぞく》のかたまりが浮《う》きにひっかけられているだけですが、このかたまりが水《みず》に触《ふ》れると、炎《ほのお》をあげてはげしく燃《も》えるのです。このライトはくさりでつながれていましたが、象《ぞう》の上《うえ》にたてられた街灯《がいとう》のようにも見《み》えました。いいえ、まるで小《ちい》さな太陽《たいよう》です。そのすばらしいかがやきは、三〇〇メートル先《さき》までも照《て》らしだしていましたから。それぞれのライトの寿命《じゅみょう》は、一〇時間程度《じかんていど》でした。切《き》れたライトは、単純《たんじゅん》な方法《ほうほう》で交換《こうかん》できます。でも、それはとても危険《きけん》な作業《さぎょう》でした。まず、くさりをひっぱって浮《う》きを機関室《きかんしつ》の高《たか》さまでおろします。機関室《きかんしつ》に一種《いっしゅ》の気密室《きみつしつ》があるので、そこで新《あたら》しいライトを浮《う》きにひっかけます。それから一気《いっき》にくさりを放《はな》して、ライトを上《うえ》に浮《う》かべます。そうすると、数秒後《すうびょうご》にまた炎《ほのお》をあげはじめるのです。ただし、一度《いちど》、燃《も》えはじめると、もう消《け》すことはできませんでした。

あたりには、ごつごつした岩《いわ》のかたまりがいくつか見《み》えてきました。岩《いわ》のかたまりがごろごろと砂《すな》の上《うえ》に乗《の》り上《あ》げています。安全《あんぜん》に坂《さか》を下《お》りてゆくためには、それらをうまくよけながら、いちばん歩《ある》きやすい道《みち》を通《とお》らなければなりません。とうとう長《なが》い道《みち》のりがはじまったのでした。

岩《いわ》の壁《かべ》

海底探検《かいていたんけん》を開始《かいし》してから、かれこれ七二時間《じかん》がたちました。もう昼《ひる》も夜《よる》もわかりません。わたしたちは、けわしい岩場《いわば》を進《すす》んでいました。ジグザグの急《きゅう》カーブがどこまでもつづくので、あっちに曲《ま》がったかと思《おも》えばすぐにこっちに曲《ま》がって、操縦《そうじゅう》がたいへんでした。まるで自転車《じてんしゃ》レースのツール・ド・フランスの難所《なんしょ》、トゥールマレ峠《とうげ》のようです。道《みち》と呼《よ》べるものはありませんでした。われらが乗組員《のりくみいん》は、慎重《しんちょう》に警戒《けいかい》にあたりました。どこを通《とお》るのがいちばん安全《あんぜん》かをすばやく見《み》きわめ、するどい岩壁《がんぺき》のあいだを正確《せいかく》にすり抜《ぬ》けてゆかなければなりません。

わずかなミスでもいのちとりです。船内《せんない》の空気《くうき》は、きんちょうでぴりぴりと張《は》りつめていました。スルタン自身《じしん》ですら、「思《おも》いつきで軽《かる》はずみな決断《けつだん》をしたのではないか」と、後悔《こうかい》しはじめていました。船内《せんない》はしんと静《しず》まりかえっていました。ただ、象《ぞう》の操縦《そうじゅう》に必要《ひつよう》な会話《かいわ》が、ふたことみこと、交《か》わされるだけでした。

新鮮《しんせん》な空気《くうき》が流《なが》れるように、月《つき》の砂漠《さばく》へとつながるとびらは大《おお》きく開《あ》け放《はな》たれていました。キッチンのとびらも開《あ》けておいて、空気《くうき》の通《とお》り道《みち》をつくってやるのです。おかげで、自然《しぜん》に新鮮《しんせん》な酸素《さんそ》が入《はい》ってきました。

体《からだ》は斜《なな》めに傾《かたむ》いていても、象《ぞう》は動《どう》じることなく平然《へいぜん》と進《すす》んでいました。しかし、わたしたちは、この先《さき》にはどんな危険《きけん》が待《ま》ちうけているかと、不安《ふあん》でしかたありませんでした。

ところで、巨人《きょじん》の女《おんな》の子《こ》の手《て》がかりをひとつも見逃《みのが》さないように、テラスの上《うえ》には当直《とうちょく》の見張《みは》り番《ばん》が配置《はいち》されていました。そのときです。異変《いへん》に気《き》づいた見張《みは》り番《ばん》が、機関室《きかんしつ》の操縦士《そうじゅうし》に、連絡管《れんらくかん》で緊急連絡《きんきゅうれんらく》をいれました。ただちに副船長《ふくせんちょう》が象《ぞう》を停止《ていし》させます。なにかたいへんなことが起《お》きていることに気《き》づいて、みんなの心臓《しんぞう》ははげしく打《う》ちました。

「前方《ぜんぽう》に絶壁《ぜっぺき》あり！」と、見張《みは》り番《ばん》は声《こえ》をあげました。

わたしたちは、底《そこ》の見《み》えない、まっくらながけっぷちぎりぎりのところにいたのです！　貴族《きぞく》たちは、全員《ぜんいん》コックピットに集《あつ》まりました。そうです、いよいよ海底《かいてい》に飛《と》び下《お》りる——すでに海《うみ》の中《なか》なので、こう言《い》えるのならばですが——そのときがやってきたからです。道《みち》を引《ひ》き返《かえ》したくなければ、わたしたちは、いやがおうでもこの未知《みち》の領域《りょういき》へと、飛《と》びこまなければなりません。みんなの頭《あたま》を不安《ふあん》がよぎりました。「ここから飛《と》び下《お》りて、象《ぞう》の体《からだ》は水圧《すいあつ》に耐《た》えられるのだろうか?」。この問題《もんだい》は、優秀《ゆうしゅう》な科学者《かがくしゃ》たちによって、これまで何度《なんど》も話《はな》し合《あ》いが行《おこな》われてきました。そして、科学《かがく》者《しゃ》たちの結論《けつろん》は「理論上《りろんじょう》は問題《もんだい》なし」でした。やれやれ、でも、それだけでは安心《あんしん》できません。なぜって、これまで誰《だれ》もしたことのない大冒険《だいぼうけん》ですから、「絶対《ぜったい》に大丈夫《だいじょうぶ》」と言《い》いきれる人《ひと》はいないのです。どんな結果《けっか》になるかは、やってみなければわからないのです。ガラスの半球《はんきゅう》の中《なか》から、深《ふか》さのはかりしれないこの穴《あな》をのぞきこんで、みんなはくらくらと目《め》を回《まわ》していました。この絶壁《ぜっぺき》の知《し》らせは、象《ぞう》のおなかの月《つき》の村々《むらむら》まであっという間《ま》に伝《つた》わりました。誰《だれ》もが、この世《よ》の終《お》わりを覚悟《かくご》しました。

もし象《ぞう》が水圧《すいあつ》でばらばらになってしまったら、月《つき》の世界《せかい》はどうなってしまうのでしょう? 巨大《きょだい》な流《なが》れ星《ぼし》が衝突《しょうとつ》したように、一気《いっき》に爆発《ばくはつ》してしまうのではないでしょうか?

大臣《だいじん》にたたき起《お》こされた船長《せんちょう》は、海《うみ》の深《ふか》さを測《はか》るべく、すぐさま命令《めいれい》しました。「水中《すいちゅう》ライトの炎《ほのお》を投下《とうか》せよ!」。

それはすばらしい眺《なが》めでした。底《そこ》なしのがけへと投《な》げこまれたいくつもの炎《ほのお》のかたまりが、あたりの岩肌《いわはだ》を照《て》らし、しだいに底《そこ》のほうへと姿《すがた》を消《け》していきました。まるで星《ほし》が死《し》ぬところを見《み》ているようでした。三分《ぷん》ほどたつと、明《あ》かりは見《み》えなくなりました。

落下速度《らっかそくど》と、明《あ》かりが完全《かんぜん》に見《み》えなくなるまでにかかった時間《じかん》から計算《けいさん》すると、炎《ほのお》のかたまりは、少《すく》なくとも三〇〇メートルは沈《しず》んでいったことになります。

しかし、実際《じっさい》の海《うみ》の深《ふか》さはどれくらいなのでしょう？

もし水圧《すいあつ》が高《たか》すぎれば、カバに踏《ふ》みつぶされたアリのようにこっぱみじんです。われらが象《ぞう》の船《せん》艦《かん》は、どのくらい水圧《すいあつ》に耐《た》えられるでしょう？

スルタンは、ほんとうはおそろしくてしかたありませんでした。それでも、この奈落《ならく》の底《そこ》で、ぴかぴかの木《き》でできたあの女《おんな》の子《こ》に会《あ》えると、かたく信《しん》じていました。そして、まわりを安心《あんしん》させるために、こう言《い》いつづけるのでした。「大丈夫《だいじょうぶ》だ。このがけの下《した》には、かならずや、あの女《おんな》の子《こ》がいるであろう！」。その表情《ひょうじょう》は冷静《れいせい》そのもので、無謀《むぼう》な挑戦《ちょうせん》をまえに、王者《おうじゃ》にふさわしい誇《ほこ》りをそなえていました。いっぽう、わたしはといえば、トイレにこもりきりでした。象《ぞう》があまりにはげしくゆれるので、船酔《ふなよ》いですっかり気分《きぶん》が悪《わる》くなってしまったのです。ずっと吐《は》きつづけながら、それでもありったけの力《ちから》をふりしぼって、いままでの出来事《できごと》をメモしたというわけです。

万《まん》が一《いち》にそなえて、夫人《ふじん》たちは月《つき》の世界《せかい》へと避難《ひなん》していました。夫人《ふじん》たちが向《む》こうへ行《い》ったあとは、通路《つうろ》のあげ板《いた》はきっちりと閉《と》じられました。もしも象《ぞう》がこの世《よ》から消《き》えてしまうことになったら、月《つき》の砂漠《さばく》には、実際《じっさい》どれほどの影響《えいきょう》がでるのでしょうか。

おそらくは切《き》っても切《き》れないふたつの世界《せかい》が、たったひとつの体《からだ》の中《なか》におさまっているのです。なのに、片方《かたほう》はなくなったけどもう片方《かたほう》は無事《ぶじ》、なんてことがありうるのでしょうか？……結局《けっきょく》のところ、象《ぞう》は地球《ちきゅう》で海底《かいてい》を歩《ある》いていて、その地球《ちきゅう》は象《ぞう》のおなかの中《なか》の月《つき》から見《み》えているのですが……。

ともあれ、意識《いしき》を最大限《さいだいげん》に集中《しゅうちゅう》して、飛《と》び下《お》りるための作戦《さくせん》がはじまりました。

作戦《さくせん》というのはほかでもない、水中《すいちゅう》パラシュートを使《つか》うのです。まず、街灯《がいとう》のような水中《すいちゅう》ライトのくさりを短《みじか》くして、四分《ぶん》の一の長《なが》さにします。ライトの浮《う》きの上《うえ》で水中《すいちゅう》パラシュートを開《あ》けるようにするためです。こうして、コックピットからライトまでの距離《きょり》は四メートルになりました。

予定《よてい》では、象《ぞう》の一五メートルほど上《うえ》にパラシュートが広《ひろ》がり、そのおかげで象《ぞう》はふわふわとゆっくり降《お》りられるはずでした。

さあ、決定的瞬間《けっていてきしゅんかん》です！　象《ぞう》はうしろ足《あし》で仁王立《におうだ》ちになってから、ひょいとはねあがりました。

そして次《つぎ》の瞬間《しゅんかん》には、ものすごい勢《いきお》いで落《お》ちはじめました。まるで、エア・ポケットに入《はい》った飛行《ひこう》機《き》のようです。いきなりがくんと落《お》ちたので、わたしたちの内臓《ないぞう》は一気《いっき》に持《も》ち上《あ》がり、胃袋《いぶくろ》のあたりが空《から》っぽになったんじゃないかと思《おも》うほどでした。おそろしさのあまり、誰《だれ》もが身《み》をすくめてい

ました。一〇秒《びょう》ほどたってから、パラシュートが開《ひら》きました。すると落下《らっか》に急《きゅう》ブレーキがかかって、今度《こんど》はさっきと反対《はんたい》に、胃袋《いぶくろ》が一気《いっき》に下《した》に押《お》しつぶされます。こうして、ようやく落下《らっか》速度《そくど》が時速《じそく》四〇キロに安定《あんてい》しました。それからの一〇分間《ぶんかん》は、生《い》きた心地《ここち》がしませんでした。それでも、運《うん》がよかったのです。わたしたちは絶壁《ぜっぺき》すれすれに落《お》ちていきましたが、弱《よわ》い海流《かいりゅう》がわたしたちを絶壁《ぜっぺき》から遠《とお》ざけてくれましたから。さもなければ、岩壁《いわかべ》にぶつかってこなごなになっていたかもしれません。もういつ死《し》んでもおかしくありませんでした。こうなっては、操縦士《そうじゅうし》たちの技術《ぎじゅつ》を信《しん》じて、いのちをあずけるしかありません。ときおり、金属《きんぞく》の骨組《ほねぐみ》が水圧《すいあつ》のせいでぎしぎしときしむ音《おと》が響《ひび》きわたりました。継《つ》ぎ目《め》の部分《ぶぶん》から、水《みず》がじわじわともれ出《で》ていました。機関室《きかんしつ》では、予想《よそう》深度《しんど》の数字《すうじ》がどんどん大《おお》きくなってゆきました。二〇〇〇メートル、二五〇〇メートル、三〇〇〇メートル……。

海底《かいてい》で

水深《すいしん》五〇〇〇メートルまできて、わたしたちは海底《かいてい》に降《お》り立《た》ちました。着地《ちゃくち》のための最後《さいご》の操作《そうさ》を終《お》えると、落下《らっか》のあいだは広《ひろ》がっていたパラシュートがふわりと水中《すいちゅう》ライトの上《うえ》に覆《おお》いかぶさってきました。パラシュートはもうぼろぼろになっていたので、切《き》り離《はな》すほかありませんでした。われらが船艦《せんかん》は、水圧《すいあつ》に持《も》ちこたえたのです！　船内《せんない》には明《あか》るい空気《くうき》が戻《もど》り、みんなは胸《むね》をなでおろしました。ほっとするあまり、うれし涙《なみだ》を流《なが》す人《ひと》もいました。

落下《らっか》のときは、かなりゆれはしましたが、機関室《きかんしつ》にたいした損害《そんがい》はありませんでした。ともあれ、これからも旅《たび》をつづける上《うえ》で問題《もんだい》となるような故障《こしょう》はいっさいありません。あちこちで軽《かる》いひび割《わ》れが確認《かくにん》されましたが、はんだでしっかりとふさがれました。設備点検《せつびてんけん》の結果《けっか》、次々《つぎつぎ》と安全《あんぜん》がたしかめられると、乗組員《のりくみいん》はみるみるやる気《き》にあふれてきました。

わたしたちのまわりには、こまかい砂《すな》でおおわれた砂地《すなち》が広《ひろ》がっていて、見《み》わたすかぎり、まったいらでした。それだけ、水圧《すいあつ》が高《たか》いということでしょう。実際《じっさい》、その砂地《すなち》に象《ぞう》が足《あし》を下《お》ろしても、砂粒《すなつぶ》ひとつ舞《ま》い上《あ》がりません。足《あし》がまったく沈《しず》みこまないので、まるで岩《いわ》の上《うえ》でも歩《ある》いているみたいです。巨人《きょじん》の女《おんな》の子《こ》の足跡《あしあと》があれば、それをたどってゆくのですが、もちろんこんな地面《じめん》では足《あし》あとが残《のこ》るはずがありません。ふりかえってあおぎ見《み》ると、決死《けっし》の落下《らっか》作戦《さくせん》を成功《せいこう》させたばかりの絶壁《ぜっぺき》が、そびえたっていました。あまりに高《たか》いので、上《うえ》のほうは見《み》えません。まるで巨大《きょだい》な城門《じょうもん》か、闇《やみ》の城壁《じょうへき》でした。それは海《うみ》の中《なか》に建《た》てられた巨大《きょだい》な建築《けんちく》です。

ところで、象《ぞう》が着地《ちゃくち》したとき、見張《みは》り番《ばん》は左《ひだり》のほうに黒《くろ》いものかげが見《み》えたのに気《き》がついていました。たんにその正体《しょうたい》を知《し》りたい気持《きもち》もありましたが、まずは危険《きけん》がないかたしかめなければなりません。そこで大臣《だいじん》は、夫人《ふじん》たちにはもうすこしだけ月《つき》にいてもらうことに決《き》めました。さいわい船《ふね》の中《なか》には、わたしたちがじゅうぶんに呼吸《こきゅう》できるだけの空気《くうき》もまだありました。こうして、絶壁《ぜっぺき》の足元《あしもと》に見《み》つかったものかげに向《む》かって、象《ぞう》は歩《ある》きだしたのです。

スルタンが、偵察機《ていさつき》を出《だ》すよう命令《めいれい》しました。偵察機《ていさつき》はひとり乗《の》りで、直径《ちょっけい》二メートルの金属《きんぞく》のボールになっていました。重《おも》さの調節《ちょうせつ》のためにいくつも浮《う》きがついていて、偵察用《ていさつよう》の窓《まど》もあります。一〇〇メートルほどの長《なが》いくさりで象本体《ぞうほんたい》にしっかりつながれていて、通信用《つうしんよう》にくさりと同《おな》じ長《なが》さ

の連絡管《れんらくかん》ものびていました。見張《みは》りが乗《の》りこむと、偵察機《ていさつき》はすぐに海《うみ》の中《なか》に出《だ》されました。ボールはまず、ぷかぷかとゆっくり水《みず》の中《なか》を浮《う》き上《あ》がり、そのあとはくさりで速度《そくど》を調節《ちょうせつ》されました。

偵察機《ていさつき》の動《うご》きが完全《かんぜん》に落《お》ち着《つ》いてから、見張《みは》りは観察《かんさつ》のために、下《した》の窓《まど》に身《み》をかがめました。次《つぎ》の瞬間《しゅんかん》、彼《かれ》は、わっ！ と飛《と》びあがり、思《おも》わず頭《あたま》をぶつけてしまいました。そこには、想像《そうぞう》もつかない光景《こうけい》が広《ひろ》がっていたのです。見張《みは》りの前《まえ》には、いくつもの船《ふね》が積《つ》み重《かさ》なっていました。何千という貨物船《かもつせん》が、見《み》わたすかぎり、びっしりとひしめいていたのです！ 唇《くちびる》をわなわなとふるわせながら、見張《みは》りは連絡管《れんらくかん》でこう報告《ほうこく》しました。

「墓場《はかば》です……、貨物船《かもつせん》の墓場《はかば》です……。何百隻《せき》もあります……。上《うえ》に積《つ》み重《かさ》なっている船《ふね》もいくつかあって、くず鉄《てつ》の山《やま》になっています。ですが、壊《こわ》れている船《ふね》は一隻《せき》もないようです。信《しん》じられません！」。声《こえ》から、興奮《こうふん》を必死《ひっし》におさえているのがわかりました。そして、こうつづけました。

「あっ、待《ま》ってください！ 左前方《ひだりぜんぽう》三〇度《ど》に、一隻《せき》の船《ふね》が燃《も》えています！ 煙《けむり》がタコのすみのように立《た》ちのぼって、巨大《きょだい》な雲《くも》になって広《ひろ》がっています。炎《ほのお》の明《あ》かりで、まわりの船《ふね》が照《て》らしだされています……」。

さらなる調査《ちょうさ》のために、わたしたちが船《ふね》の山《やま》へ向《む》かって進《すす》むと、絶壁《ぜっぺき》にぶつかったまま座礁《ざしょう》している船《ふね》が見《み》えました。

「沈没《ちんぼつ》した貨物船《かもつせん》ですな」と、船長《せんちょう》はスルタンに言《い》いました。長《なが》さ一〇〇メートルほどのさびた船体《せんたい》が見《み》えていました。大《おお》きなタンカーです。

「船長《せんちょう》！」と見張《みは》り番《ばん》が叫《さけ》びました。「船長《せんちょう》！　鋼鉄《こうてつ》のケーブルが確認《かくにん》できます！　まるで、船《ふね》が岩《いわ》に縫《ぬ》いつけられているようです……」。

テラスの上《うえ》では、みんなぽかんとしていました。スルタンはあっさりとこう言《い》いました。

「ふむ、やはりわしたちは、あの巨人《きょじん》の女《おんな》の子《こ》の足《あし》あとをたどっているわけだな」。

そこで、ようやく偵察機《ていさつき》が船《ふね》に戻《もど》されました。そして、機関室《きかんしつ》は象《ぞう》を歩《ある》かせるための操作《そうさ》にとりかかりました。

蓄音機《ちくおんき》

どこまでも広《ひろ》がる深《ふか》い闇《やみ》にもおそれることなく、わたしたちは進《すす》みました。象《ぞう》が歩《ある》きはじめてから、もうすぐ一〇時間《じかん》になります。テラスの上《うえ》では、スルタンがひとりで食事《しょくじ》をしていました。壁《かべ》には、水中《すいちゅう》ライトに照《て》らしだされた影《かげ》が、流《なが》れにあわせてゆらゆらとただよっています。スルタンのために、付《つ》き人《びと》が子羊《こひつじ》のもも肉《にく》を切《き》りわけました。つけ合《あ》わせは、じゃがいものスルタン風《ふう》ローストです。水《みず》さしにはワインが用意《ようい》されていました。ワインは、冒険《ぼうけん》をしながらあちこちで集《あつ》めておいた、とっておきのコレクションからえらびました。スルタンは、夫人《ふじん》たちがいなくてさびしい思《おも》いをしていました。でも、まもなく彼女《かのじょ》たちにまた会《あ》えるはずでした。大臣《だいじん》からは、「念《ねん》のために、一二時間《じかん》だけお待《ま》ちください」と言《い》われていました。グラスのワインには波《なみ》ひとつたっていませんでした。ゆっくりとはいえ、海底《かいてい》を進《すす》んでいるというのに、象《ぞう》はひじょうに安定《あんてい》していて、船内《せんない》はほとんどゆれませんでした。

ところが突然《とつぜん》、テーブルにのっていたものが、テラスにひっくりかえりました。スルタンは、なにごとかとあたりの様子《ようす》をうかがいました。窓《まど》からは、いくつもの砂丘《さきゅう》が見《み》えました。まるでサハラ砂漠《さばく》です。象《ぞう》は砂丘《さきゅう》の坂《さか》を、よじ登《のぼ》っていたわけです。象《ぞう》が丘《おか》を上《のぼ》りきったところで外《そと》を眺《なが》めると、ライトの照《て》らしだすかぎり、一面《めん》に砂丘《さきゅう》が広《ひろ》がっていました。それは、動《うご》くことのない砂《すな》の波《なみ》でした。

「なんてことだ！」とスルタンは言《い》いました。「みなを説得《せっとく》するためだったが、『地上《ちじょう》にあるものはすべて海《うみ》の底《そこ》にもある』とは、われながらよく言《い》ったものだ。いまにラクダのキャラバンが出《で》てくるかもしれないぞ。そうしたら、おどろきは、こんなものではすまないだろう……」。

そのうちに、船内《せんない》の酸素《さんそ》が足《た》りなくなってきて、いよいよ月《つき》のあげ板《いた》を開《あ》けなければならなくなりました。そこで、とうとうあげ板《いた》が開《あ》け放《はな》たれました。そよ風《かぜ》が吹《ふ》きわたり、ひんやりと気持《きもち》のいい冷気《れいき》が入《はい》ってきました。夫人《ふじん》たちにまた会《あ》えるのが心《こころ》の底《そこ》からうれしくて、スルタンは真《ま》っ先《さき》に穴《あな》から身《み》を乗《の》り出《だ》しました。ですが、すぐにその表情《ひょうじょう》はくもることになりました。なぜなら、そこには誰《だれ》もいなかったのです。

ところで、前《まえ》にお話《はな》ししした、このしがない特派員《とくはいん》であるわたしの冒険《ぼうけん》を覚《おぼ》えていますか？　あのときの経験《けいけん》からすれば、月《つき》にいるよりも象《ぞう》の中《なか》にいるほうが、時間《じかん》がたつのが早《はや》いはずです。つまり、月《つき》の世界《せかい》で数時間《すうじかん》を過《す》ごすあいだに、象《ぞう》の中《なか》では数カ月《すうげつ》の時間《じかん》が過《す》ぎると考《かんが》えていいはずなのです。この理論《りろん》が正《ただ》しければ、あげ板《いた》を閉《し》めたあと、象《ぞう》の中《なか》では、一二時間《じかん》が過《す》ぎていても、月《つき》の世界《せかい》では数分《すうふん》しかたっていないはずでした。

さて、あげ板《いた》を閉《と》じる直前《ちょくぜん》、月《つき》の大部屋《おおべや》に避難《ひなん》した夫人《ふじん》たちは、ソファに寝《ね》そべっていました。明《あ》かりとなる石油《せきゆ》ランプと、念《ねん》のために食糧《しょくりょう》もすこし持《も》ちこまれていました。また、気《き》をまぎらわせるために、豪華《ごうか》な蓄音機《ちくおんき》もあったはずです。これは、中国《ちゅうごく》の最後の皇帝《ラストエンペラー》からの贈《おく》りものでした。

ところが、いま部屋《へや》の中《なか》はまっくらです。あげ板《いた》の穴《あな》から中《なか》の様子《ようす》を見《み》た乗組員《のりくみいん》は、たいまつをいくつか部屋《へや》に落《お》としました。すると、照《て》らしだされた部屋《へや》は、がらんとして人《ひと》の気配《けはい》がありません。すぐさま調査班《ちょうさはん》が——わたしもぜひにと一員《いん》にしてもらいました——出動《しゅつどう》しました。スルタンも調査班《ちょうさはん》に参加《さんか》したがったので、思《おも》いとどまるよう説得《せっとく》するのに、とても骨《ほね》が折《お》れました。

部屋《へや》におりてみると、あらゆるものの上《うえ》にほこりがつもっていることがわかりました。石油《せきゆ》ランプのタンクの中《なか》を見《み》てみると、どれも空《から》っぽでした。でも、ランプの数《かず》がひとつ足《た》りませんでした。小《ちい》さな食糧袋《しょくりょうぶくろ》はどれもカビが生《は》えており、例《れい》の蓄音機《ちくおんき》もなくなっていました。科学者《かがくしゃ》のひとりがカビをじっと観察《かんさつ》していましたが、彼《かれ》の言葉《ことば》を聞《き》いたとたん、まわりの人間《にんげん》がざわめきました。そこで、わたしは彼《かれ》に問《と》いただしました。むずかしい顔《かお》で、彼《かれ》はひとこと言《い》いました。「どうやら、二年以上《ねんいじょう》が経過《けいか》しています……」。

わたしは気《き》が動転《どうてん》してしまいました。またしても、新《あら》たななぞの出現《しゅつげん》です。いったい夫人《ふじん》たちはどこに？　自分《じぶん》の調査結果《ちょうさけっか》にまちがいがないことを、スルタンにうけあってしまったわたしが、責任《せきにん》を問《と》われることはないのでしょうか？

大部屋《おおべや》のとびらへと向《む》かう調査隊員《ちょうさたいいん》たちのあとを、呆然《ぼうぜん》としてついてゆくわたしは、まるで霞《かすみ》か雲《くも》のようでした。とびらは大《おお》きく開《あ》けられていました……。科学者《かがくしゃ》は、とびらの表面《ひょうめん》をそっとなでて、そこになにかで打《う》たれたあとを見《み》つけました。しかしこうしたことを確認《かくにん》するたびに、彼《かれ》の顔《かお》はけわしくなってゆきました。階段《かいだん》のステップまでくると、彼《かれ》はみんなに指示《しじ》を出《だ》し、あちこち手《て》わけをして手《て》がかりを探《さが》させました。わたしはすっかり気分《きぶん》が落《お》ちこんでしまったので、少《すこ》し離《はな》れたところで木《き》の幹《みき》に腰《こし》を下《お》ろそうとしました。するとそのとき、例《れい》の蓄音機《ちくおんき》が目《め》に留《と》まりました。わたしはおどろいて、「見《み》てください！」と科学者《かがくしゃ》を呼《よ》びました。蓄音機《ちくおんき》はぺしゃんこに踏《ふ》みつけられ、しかばねのように横《よこ》たわっていました。すると科学者《かがくしゃ》はこう答《こた》えました。「ここで、争《あらそ》いがあったようです。……おそらく、二年前《ねんまえ》にさかのぼる出来事《できごと》です」。

再会《さいかい》

調査報告《ちょうさほうこく》を受《う》けたスルタンは、かんかんに怒《おこ》りました。それから、深《ふか》い悲《かな》しみに沈《しず》んでしまったので、付《つ》き人《びと》ですら、スルタンのそばに近寄《ちかよ》れなくなりました。

象《ぞう》は、海底《かいてい》の砂丘《さきゅう》を歩《ある》きつづけていましたが、その一方《いっぽう》で、夫人《ふじん》たちを探《さが》し出《だ》すための捜索隊《そうさくたい》が結成《けっせい》されました。象《ぞう》の中《なか》には、船艦《せんかん》の操縦《そうじゅう》に必要《ひつよう》な最低限《さいていげん》の乗組員《のりくみいん》だけが残《のこ》りました。四〇人《にん》の武装《ぶそう》した男《おとこ》たちがあげ板《いた》から下《お》り、すみやかに行進《こうしん》の隊列《たいれつ》を組《く》みました。するとすぐに、ひどい月面風《げつめんふう》がゆく手《て》をはばみました。この砂嵐《すなあらし》がくるたびに、身《み》を伏《ふ》せてやりすごさなければなりません。わたしたちは、怒《いか》れる砂漠《さばく》のただ中《なか》にいました。しかし、このはげしい突風《とっぷう》は、たいてい一五分《ふん》もしないうちに弱《よわ》まっていきました。かわりばんこに、三人《にん》の偵察隊《ていさつたい》が出《だ》されました。偵察隊《ていさつたい》は、みんなより五〇〇メートル以上先回《いじょうさきまわ》りして、決《き》まった時間《じかん》ごとに、大隊長《だいたいちょう》に調査報告《ちょうさほうこく》をするのです。まもなく偵察隊《ていさつたい》から、最初《さいしょ》の村《むら》を見《み》つけたという報告《ほうこく》が入《はい》りました。その村《むら》は破壊《はかい》され、もぬけのからでした。次《つぎ》に発見《はっけん》された第《だい》二の村《むら》でも、第《だい》一の村《むら》と同《おな》じことが起《お》きていました。あきらかに、気候《きこう》の変化《へんか》のせいで、これらの土地《とち》に人《ひと》が住《す》めなくなったのでした。

専門家《せんもんか》たちの分析《ぶんせき》によると、住民《じゅうみん》たちの足《あし》あとは、月《つき》の裏側《うらがわ》へとつづいているようでした。おそらく竜巻《たつまき》から逃《のが》れるために、夜《よる》の側《がわ》へと避難《ひなん》したのではないでしょうか？

分析結果《ぶんせきけっか》が出《で》たところで、すぐさま一行《いっこう》はまた歩《ある》きはじめました。ところが、かんかん照《で》りの太陽《たいよう》の下《した》を、無理《むり》して歩《ある》きつづけたせいで、へとへとに疲《つか》れてしまいました。しかたがないので、黒《くろ》いカーテンをくぐり越《こ》えて、夜《よる》の側《がわ》に入《はい》る前《まえ》に、その近《ちか》くで休憩《きゅうけい》をとることにしました。ぐったりとして、しゃべる人《ひと》もなく、みんなはただ、自分《じぶん》たちが息《いき》をする音《おと》だけを聞《き》いていました。

そのときです。月《つき》の暗闇《くらやみ》の部分《ぶぶん》から、ごうごうと鈍《にぶ》い音《おと》がとどろきました。それはまるで、とどまることを知《し》らないなだれのような音《おと》で、いつまでたってもやむことはありません。さあ、休憩《きゅうけい》はもうおしまいです！　たいまつを何《なん》十本《ぼん》もともして、捜索隊《そうさくたい》は暗闇《くらやみ》のほうへ突入《とつにゅう》しました。気温《きおん》が急激《きゅうげき》に下《さ》がったので、炎《ほのお》であたたまろうと、たいまつのまわりに人《ひと》が集《あつ》まりました。

それから三時間《じかん》たちました。なぞの音《おと》は、近《ちか》づくほど大《おお》きくなり、ほかの音《おと》をかき消《け》してしまうようになりました。月面風《げつめんふう》は、音《おと》に近《ちか》づくにつれ弱《よわ》まってきているようです。話《はなし》をするために、おたがいに大声《おおごえ》をはりあげていると、ふしぎな光景《こうけい》に出《で》くわしました。

そこには、山《やま》もないのに、空《そら》から滝《たき》が流《なが》れ落《お》ちていました。くだけちった滝《たき》のしぶきがはねかえる様子《ようす》はみごとでした。なにもない空中《くうちゅう》から、高《たか》さおよそ一〇メートルの滝《たき》が流《なが》れ落《お》ちているのです！　勢《いきお》いよく水《みず》が地面《じめん》に落《お》ちるので、その衝撃《しょうげき》で地面《じめん》がけずられて、滝《たき》つぼには、巨大《きょだい》なクレーターができていました。クレーターから流《なが》れ出《で》た水《みず》は、小川《おがわ》となり、その川《かわ》がどこまでつづいているのか、わたしたちには見《み》えませんでした。

波《なみ》しぶきの味見《あじみ》をして、博士《はかせ》はただちに状況《じょうきょう》が飲《の》みこめたようです――あたりには、しょっぱい海《うみ》のにおいが強《つよ》く立《た》ちのぼっていました。

「象《ぞう》に水《みず》もれがあるんだ！」と博士《はかせ》は言《い》いました。「この水《みず》は、大西洋《たいせいよう》の海水《かいすい》だ。それが月《つき》の世界《せかい》に流《なが》れこんでいるらしい。水《みず》もれの場《ば》所《しょ》を探《さが》し出《だ》して、すぐにふさがなければ！　でも、まずは小《お》川《がわ》の流《なが》れをくだってみることにしよう。おそらく、こいつが夫人《ふじん》たちのもとまで案内《あんない》してくれるはずだ……」。

そして、一行《いっこう》は小川《おがわ》にそって歩《ある》きはじめました。

まもなくわたしたちは、広大《こうだい》なクレーターの湖《みずうみ》にたどりつきました。水面《すいめん》には光《ひかり》があふれていました。さらに近《ちか》づくと、それは青白《あおじろ》く光《ひか》る魚《さかな》たちの群《む》れでした。誰《だれ》もがこのふしぎな海底《かいてい》の花火《はなび》に

心《こころ》をうばわれました。あらゆるかたち、あらゆる大《おお》きさ、あらゆる色《いろ》の魚《さかな》たちがいました。魚《さかな》が通《とお》ったあとには、青白《あおじろ》い光《ひかり》の粉《こな》が、すうっと長《なが》く残《のこ》りました。クレーターの岸辺《きしべ》には、魚《さかな》たちのまばゆい光《ひかり》が、色《いろ》とりどりのサーチライトのように、ゆらゆらとゆれていました。海水《かいすい》の中《なか》には、海草《かいそう》、貝《かい》、タコ、魚《さかな》、イルカ、サメといった、かがやく海《うみ》の生《い》き物《もの》たちが住《す》んでいました。

そのとき、月《つき》の住民《じゅうみん》が、近《ちか》くの丘《おか》から急《きゅう》に飛《と》び出《だ》してきました。そして、大声《おおごえ》をあげながら、わたしたちのほうへと集団《しゅうだん》で押《お》し寄《よ》せてくるのです。なにごとかと思《おも》い、わたしたちは身《み》がまえました。しかし、近《ちか》くまでくると、彼《かれ》らが攻撃《こうげき》をしかけてきたわけではないことがわかりました。よろこびのあまり、思《おも》わず声《こえ》をあげ、歌《うた》を歌《うた》っていたのです。それはまったく、友好的《ゆうこうてき》な態度《たいど》でした。わたしたちは、三〇人《にん》ほどの人々《ひとびと》に、これ以上《いじょう》ないくらいに熱烈《ねつれつ》に歓迎《かんげい》されました。彼《かれ》らはたいまつのかわりに、光《ひか》る魚《さかな》を釣《つり》ざおの先《さき》につるしていました。魚《さかな》たちはびちびちと空中《くうちゅう》ではね、付近《ふきん》をすみずみまで照《て》らしだしていました。おかげで、わたしたちのたいまつの炎《ほのお》はもう必要《ひつよう》なくなりました。

この大《おお》きな湖《みずうみ》の岸辺《きしべ》を一〇分《ぷん》ほど歩《ある》いたところに、彼《かれ》らの漁村《ぎょそん》がありました。この地特有《ちとくゆう》の明《あ》かりのおかげで、少《すく》なくとも二〇ほどの村《むら》があることがわかりました。

生活《せいかつ》は、湖《みずうみ》を中心《ちゅうしん》になりたっていました。湖《みずうみ》から引《ひ》き上《あ》げられた魚《さかな》の青白《あおじろ》い光《ひかり》が、村《むら》をあたためてくれるので、村《むら》の気候《きこう》は温暖《おんだん》でした。そのため、わたしたちは上着《うわぎ》を脱《ぬ》がなければなりませんでした。住民《じゅうみん》たちは、当然《とうぜん》のようにわたしたちを食事《しょくじ》に招《まね》いてくれました。この地《ち》には、すばらしい平和《へいわ》としあわせがあふれていました。まさに楽園《らくえん》といったところです。

次《つぎ》の日《ひ》、とうとうわたしたちは夫人《ふじん》たちに再会《さいかい》することができました。夫人《ふじん》たちも大《おお》よろこびです。そして、これまでの苦労《くろう》を語《かた》ってくれました。じつは、夫人《ふじん》たちが月《つき》の大部屋《おおべや》に避難《ひなん》したころ、「なんとしてでもあげ板《いた》を開《あ》けなければ！」と、月《つき》の住民《じゅうみん》たちがパニックを起《お》こしていたというのです。突然《とつぜん》あらわれた滝《たき》のせいで、気候《きこう》がとても不安定《ふあんてい》になったことが原因《げんいん》でした。すさまじい月《げつ》面風《めんぷう》が地上《ちじょう》に吹《ふ》きあれ、生活《せいかつ》をつづけるのはとうてい不可能《ふかのう》でした。それからというもの、知恵《ちえ》という知恵《ちえ》がしぼられました。人々《ひとびと》はいらだち、あちこちで口論《こうろん》が起《お》きました。やがて地上《ちじょう》には、死《し》者《しゃ》やけが人《にん》が並《なら》ぶようになりました。あげ板《いた》が内側《うちがわ》からでは開《あ》けられないということがあきらかになったとき、人々《ひとびと》はとほうにくれました。そんなとき、お伴《とも》のひとりが、あの巨人《きょじん》の女《おんな》の子《こ》の姿《すがた》を目撃《もくげき》したのです。それは、一種《いっしゅ》の蜃気楼《しんきろう》で、女《おんな》の子《こ》の姿《すがた》はやがて砂嵐《すなあらし》の中《なか》に消《き》えてしまいました。ですが、護衛隊《ごえいたい》が女《おんな》の子《こ》のあとについていったおかげで、このすばらしい土地《とち》が発見《はっけん》されたのでした。広《ひろ》がりつつある湖《みずうみ》の岸辺《きしべ》は、おどろくほど気候《きこう》がおだやかで、魚《さかな》たちは魔法《まほう》の力《ちから》で光《ひか》りかがやいていました。こうして、みんなでこの地《ち》に定住《ていじゅう》することになったのです。

セルフィユ、ラズリ、パンプリュンヌ、ミラベル、そしてタリーヌは、とても興奮《こうふん》していました。夫人《ふじん》たちはわたしたちが探《さが》しにきてくれる日《ひ》を、いまかいまかと待《ま》っていたのです。ところが、不可解《ふかかい》な時間《じかん》の作用《さよう》で、二年《ねん》もの長《なが》い月日《つきひ》が過《す》ぎてしまったのです。わたしたちにとっては、数時間《すうじかん》しかたっていないことを説明《せつめい》すると、夫人《ふじん》たちはなにがなんだかわからない様子《ようす》でした。

一週間後《しゅうかんご》、スルタン自身《じしん》がこの奇妙《きみょう》な現象《げんしょう》のなぞを解明《かいめい》しました。月《つき》にいる人間《にんげん》にとって、地球《ちきゅう》での地上《ちじょう》の時間《じかん》と、海底《かいてい》での時間《じかん》は、まったくの別物《べつもの》なのです。海底《かいてい》の場合《ばあい》、月《つき》との時間《じかん》の関係《かんけい》がひっくりかえるのです。今回《こんかい》、海底《かいてい》にいる象《ぞう》で一五時間過《じかんす》ごすと、それは月《つき》での二年《ねん》となりました。ですが、もしも象《ぞう》が地上《ちじょう》にいれば、それぞれの時間《じかん》がひっくりかえって、月《つき》で一五時間過《じかんす》ごすあいだに、象《ぞう》の中《なか》では二年《ねん》たつことになるはずなのでした。

水《みず》もれ

月《つき》の住民《じゅうみん》と象《ぞう》の住民《じゅうみん》との交流《こうりゅう》も、正常《せいじょう》に戻《もど》りました。とはいえ、このままでは月《つき》が海水《かいすい》でいっぱいになり、もうひとつの海《うみ》になってしまいます。そうならないために、水《みず》もれの場所《ばしょ》を見《み》つけなければなりませんでした。ふしぎなことに、海水《かいすい》が流《なが》れこんでいるのは月《つき》の世界《せかい》だけで、象《ぞう》は無事《ぶじ》でした。

船内《せんない》をくまなく調査《ちょうさ》した結果《けっか》、象《ぞう》の耳《みみ》の鼓膜《こまく》を閉《し》め忘《わす》れていたことがわかりました。外《そと》の水圧《すいあつ》はそうとうなものなので、鼓膜《こまく》から頭蓋骨《ずがいこつ》の中《なか》に大量《たいりょう》の水《みず》が流《なが》れこんでいました。ですが、頭蓋骨《ずがいこつ》はひじょうに入《はい》りにくい場所《ばしょ》なのです。そもそも、わざわざそんなところに入《はい》ろうなどと、これまで誰《だれ》も思《おも》いもしませんでした。だってそこには、もともと歯車《はぐるま》がぎっしりとつまっているのです。これでは、たとえ乗組員《のりくみいん》が入《はい》ろうと思《おも》っても絶対《ぜったい》に不可能《ふかのう》でした。打《う》つ手《て》はなく、腹《はら》をくくるしかありませんでした。船長《せんちょう》はこの報告《ほうこく》を受《う》けて一瞬《いっしゅん》、動揺《どうよう》しましたが、すぐに気《き》をとり直《なお》して、なすべきことをまとめました。

「よろしいか！」と船長《せんちょう》は、科学班長《かがくはんちょう》の博士《はかせ》に言《い》いました。「あのさけ目《め》を内側《うちがわ》からふさぐことは不可能《ふかのう》だ。だからわれわれは、一刻《いっこく》も早《はや》く海《うみ》から出《で》なけりゃならん！」。

こうして、象《ぞう》の歩《ある》くペースをあげるよう命令《めいれい》が下《くだ》されたのです。

それから二カ月《げつ》がたちました。海底《かいてい》がたいらな砂地《すなち》のときには、象《ぞう》の進行速度《しんこうそくど》をぐんぐんあげて、突《つ》っ切《き》りました。そんなとき、象《ぞう》は一歩《いっぽ》ごとにふわりふわりと海《うみ》の底《そこ》をはねる風船《ふうせん》のようでした。みんな大忙《おおいそが》しで象《ぞう》を操作《そうさ》するので、数時間《すうじかん》もするとへとへとです。船長《せんちょう》は、月《つき》の住民《じゅうみん》が乗組員《のりくみいん》と交代《こうたい》する順番《じゅんばん》を考《かんが》え直《なお》さなければなりませんでした。あれ以来《いらい》、開《あ》けっぱなしのあげ板《いた》を通《とお》って、たえず人々《ひとびと》の交流《こうりゅう》が行《おこな》われていました。

昼《ひる》も夜《よる》も、象《ぞう》はその驚異的《きょういてき》な速度《そくど》を守《まも》りつづけました。まさしくほんとうの意味《いみ》で、時間《じかん》との戦《たたか》いでした。まもなく、最初《さいしょ》に飛《と》び下《お》りたような、けわしい海底山脈《かいていさんみゃく》が姿《すがた》をあらわしました。海《うみ》から出《で》るためには、今度《こんど》はこの坂《さか》をよじ登《のぼ》らなければなりません。前回《ぜんかい》と同《おな》じように軌道《きどう》を計算《けいさん》し、岩山《いわやま》からつき出《で》た岩壁《がんぺき》にぶつからないように、すき間《ま》をうまくすり抜《ぬ》けて進《すす》みます。とちゅう、ゆらゆらとただよう海草《かいそう》の森《もり》にも迷《まよ》いこみました。海草《かいそう》はみな樹木《じゅもく》のように大《おお》きく、太陽《たいよう》に向《む》かって生《は》

えていました。
何週間《なんしゅうかん》も歩《ある》きつづけて、ようやくわたしたちは太陽《たいよう》の光《ひかり》を浴《あ》びることができました。沈《しず》む砂《すな》に足《あし》をとられながら、ついに象《ぞう》は海面《かいめん》から上《あ》がってきたのです。コックピットからは、新《あら》たに広《ひろ》がる大《たい》陸《りく》が見《み》えました。おそらく、アフリカ大陸《たいりく》でしょう。

砂浜《すなはま》に上《あ》がった象《ぞう》は、まだ体《からだ》から海水《かいすい》をたらしながら、金属《きんぞく》でできた大聖堂《だいせいどう》のようにそびえ立《た》ちました。太陽《たいよう》ははげしく照《て》りつけ、痛《いた》いくらいの日差《ひざ》しです。まるで、煮《に》えたぎる見《み》えない鉄《てつ》が、雨《あめ》となって降《ふ》りそそいでいるようでした。

海《うみ》の下《した》で何週間《なんしゅうかん》も過《す》ごしてきたので、久《ひさ》しぶりの地上《ちじょう》の景色《けしき》にみんなはよろこびの声《こえ》をあげました。まず、ガラスのドームをささえていた鋼鉄《こうてつ》の骨組《ほねぐみ》を分解《ぶんかい》しました。テラスの上《うえ》に、スルタン用《よう》のテントを張《は》るためです。とにかく暑《あつ》いので、熱気《ねっき》をはらうために巨大《きょだい》なうちわがいくつも持《も》ちだされました。そして、作業現場《さぎょうげんば》のあちこちで、うちわ係《がかり》がばさばさとあおぐのでした。そんなわけで、汗《あせ》にはことかかなかったので、この機会《きかい》に、汗《あせ》をいくつもの容器《ようき》にためておくことにしました。いっぽう月《つき》の世界《せかい》では、水《みず》もれの滝《たき》の流《なが》れがおさまりました。そのおかげで、気候《きこう》も以前《いぜん》のバランスをすこしずつ取《と》り戻《もど》してきました。気候《きこう》がおだやかになり、そのまま湖《みずうみ》の近《ちか》くにとどまる村《むら》もありましたし、昼《ひる》の部分《ぶぶん》に移《うつ》って生活《せいかつ》をはじめる人々《ひとびと》もいました。夫人《ふじん》たちは心《こころ》からうれしそうでした。そして、夫人《ふじん》たちがしあわせだと、乗組員《のりくみいん》たちもみな、おだやかなしあわせに包《つつ》まれるのでした。

ところで、この砂浜《すなはま》にはなにひとつありませんでした。どうやらあたりには人《ひと》も住《す》んでいない様《よう》子《す》です。おそらくわたしたちは、あらゆる文明《ぶんめい》から離《はな》れたところにいるのでしょう。「見《み》よ」とスルタンが言《い》いました。「あの巨人《きょじん》の女《おんな》の子《こ》は、ここを通《とお》ったのだ！」。

その声《こえ》にみちびかれて近《ちか》くの木《き》に目《め》をやると、あちこちの枝《えだ》に石《いし》ころが縫《ぬ》いつけられているのが見《み》えました。その晩《ばん》は、お祝《いわ》いのうたげが夜《よる》おそくまでひらかれました。

さて、次《つぎ》の日《ひ》の朝早《あさはや》くに、スルタンは船長《せんちょう》に起《お》こされました。まだ眠《ねむ》そうなスルタンに、船長《せんちょう》は告《つ》げました。「緊急事態《きんきゅうじたい》です！」。

わたしたちは、テラスの上《うえ》にぞろぞろと集《あつ》まりました。すると、ようやく夜《よる》があけようというなか、大《おお》きな島《しま》がひとつ、ぷかぷかとこちらに近《ちか》づいてくるのが見《み》えたのでした……。近《ちか》づくにつれ、島《しま》はどんどん大《おお》きくなってゆきました。もう島《しま》とは呼《よ》べないくらいの大《おお》きさです。緊急事態《きんきゅうじたい》ではありましたが、大臣《だいじん》は月《つき》の住民《じゅうみん》たちを不安《ふあん》がらせないために、今回《こんかい》はあげ板《いた》を開《あ》け放《はな》しておくことに決《き》めました。

　この島《しま》は、沖《おき》あいに二時間《じかん》もただよいつづけていたでしょうか。みんなはかたずをのんで、ことのなりゆきを見守《みまも》っていました。そんななか、大《おお》あわてでテラスにかけつけた地図作成係《ちずさくせいがかり》が、何度《なんど》も何度《なんど》も計算《けいさん》をやり直《なお》していました。計算《けいさん》を終《お》えると、彼《かれ》はまぼろしでも見《み》ているような目《め》つきになりました。彼《かれ》は、船長《せんちょう》とスルタンを脇《わき》に呼《よ》び、低《ひく》い声《こえ》でこう言《い》いました。

「船長《せんちょう》、われわれに向《む》かってきているのは、アフリカであります……。アフリカ大陸全体《たいりくぜんたい》であります！」。

「なんと！」。スルタンは叫《さけ》びました。「大陸《たいりく》がまるごと浮《う》かぶなど、考《かんが》えられん！」。

「われわれの地球《ちきゅう》は、げんに宇宙《うちゅう》に浮《う》かんでおりますが……」と船長《せんちょう》が答《こた》えました。

　しかし、地図作成係《ちずさくせいがかり》は、落《お》ち着《つ》いてこうつづけました。「アフリカ大陸《たいりく》がわれわれに向《む》かってきているのではありません。われわれ自身《じしん》が、浮《う》かぶ島《しま》の上《うえ》にいるのであります！」。

　この言葉《ことば》に、夫人《ふじん》たちは大《おお》わらいしました。静《しず》まりかえった中《なか》での、突然《とつぜん》のわらい声《ごえ》におどろいて、乗組員《のりくみいん》はいっせいにテラスのほうを向《む》きました。そのため、船長《せんちょう》はすぐさまこうつづけなければなりませんでした。「諸君《しょくん》」と彼《かれ》は言《い》いました。「われわれは、別《べつ》の島《しま》に乗《の》って浮《う》かんでいる。どんなまじないのせいだかわからんが、われわれのいるこの島《しま》は、漂流《ひょうりゅう》しているのだ。前方《ぜんぽう》に確認《かくにん》したのは、アフリカ大陸《たいりく》である。これより一時間《じかん》で、われわれは大陸《たいりく》に接岸《せつがん》する。それぞれこの新《あたら》しい大陸《たいりく》との接触《せっしょく》にそなえてもらいたい。さいわい、日《ひ》ごろの行《おこな》いのおかげか波《なみ》は静《しず》かだ。では、それぞれ持《も》ち場《ば》についてくれ。接岸《せつがん》したら、すぐに象《ぞう》を大陸《たいりく》へと移《うつ》さにゃならん！　おそらく、時間《じかん》の余裕《よゆう》はそれほどないだろう」。

アフリカの魔法使《まほうつか》い

おわってみれば、アフリカ大陸《たいりく》との接岸《せつがん》はあっけないものでした。わたしたちのいた砂浜《すなはま》は、大《たい》陸《りく》の砂浜《すなはま》にすっぽりとおさまったので、そのまま歩《ある》くだけでよかったのです。

次《つぎ》の日《ひ》、わたしたちは砂漠《さばく》にたどりつきました。すると、なんの前《まえ》ぶれもなく砂嵐《すなあらし》が起《お》きました。最初《さいしょ》のうちは、象《ぞう》を横向《よこむ》きに寝《ね》そべらせて、わたしたちはそのうしろで砂嵐《すなあらし》をさけていました。しかし、砂嵐《すなあらし》はやがて大荒《おおあ》れの暴風《ぼうふう》に変《か》わりました。そのため、わたしたちは一歩《ぽ》も動《うご》けなくなり、はげしい風《かぜ》とともに砂粒《すなつぶ》が肌《はだ》にあたって、ひりひりと焼《や》けつきました。空《そら》に吹《ふ》き飛《と》ばされないように、わたしたちはおたがいの体《からだ》をロープでしっかり結《むす》びつけなければなりませんでした。やがて、乗組員《のりくみいん》のほとんどが象《ぞう》の中《なか》へと避難《ひなん》しました。象《ぞう》の足《あし》にはケーブルをひっかけておいて、砂《すな》に沈《しず》むのをふせぎました。

こうして、わたしたちは砂漠《さばく》の上《うえ》を——こう言《い》ってよければ——漂流《ひょうりゅう》していました。大自然《だいしぜん》の力《ちから》は強大《きょうだい》で、砂丘《さきゅう》が海《うみ》の波《なみ》のように寄《よ》せていました。さいわいにも、象《ぞう》は沈《しず》むことなく砂《すな》の波《なみ》の上《うえ》を滑《すべ》っているのでした。なにも見《み》えないまま、寄《よ》せくる砂丘《さきゅう》の上《うえ》を、高《たか》く低《ひく》く波《なみ》に乗《の》り、わたしたちの象《ぞう》はよく持《も》ちこたえていました。

「われわれは、どうやら流《なが》されております、殿下《でんか》」と船長《せんちょう》はスルタンに言《い》いました。「どこへ向《む》かっているのかわかりません。方位磁針《ほういじしん》はどれもくるってしまって使《つか》えません」。

「いまにわかるだろう、船長《せんちょう》。この嵐《あらし》とて、ほかの嵐《あらし》と同様《どうよう》、いつかはやむだろう。機械《きかい》が持《も》ちこたえるうちは前《まえ》へ進《すす》もう。さあ、わが友《とも》よ、すべては時間《じかん》との根《こん》くらべにすぎんのだ。船長《せんちょう》よ、嵐《あらし》が過《す》ぎて静《しず》かになったら起《お》こしてくれんか。それから、宮殿《きゅうでん》の建物《たてもの》がいたまないように、見張《みは》っておいておくれ」。

不安《ふあん》のうちに、船長《せんちょう》はスルタンの前《まえ》を下《さ》がりました。実際《じっさい》、それから一五時間後《じかんご》に嵐《あらし》はやみました。象《ぞう》をふたたび歩《ある》かせるのは、ひと仕事《しごと》でした。砂嵐《すなあらし》のせいで砂粒《すなつぶ》がいたるところに入《はい》りこんでいて、機械《きかい》の歯車《はぐるま》がうまく回《まわ》らなかったのです。結局《けっきょく》、三日《みっか》がかりの大《おお》そうじが必要《ひつよう》でした。

そうじも終《お》わり、象《ぞう》はまた歩《ある》きはじめました。ですが、数《すう》キロ進《すす》んだところで、機関室《きかんしつ》が加熱状態《かねつじょうたい》になり、爆発《ばくはつ》しました。この爆発《ばくはつ》で、四人《にん》の機関士《きかんし》が重傷《じゅうしょう》を負《お》いました。「無理《むり》な運転《うんてん》のせいで、壊《こわ》れてしまいましたぞ、殿下《でんか》」と船長《せんちょう》はつぶやきました。

全員《ぜんいん》、象《ぞう》から降《お》りました。あたりはサバンナでした。しげみがちらほらと見《み》え、木《き》は数《かぞ》えるくらいでした。まっすぐな平原《へいげん》が広《ひろ》がり、山《やま》ひとつありませんでした。風《かぜ》はそよとも吹《ふ》かず、熱《ねつ》が音《おと》を吸収《きゅうしゅう》して、静《しず》けさに満《み》ちていました。科学者《かがくしゃ》たちは、暗《くら》い気持《きもち》になりました。

「いまのところ、修理《しゅうり》のめどがたちません。少《すく》なくとも数《すう》カ月《げつ》はかかると思《おも》われます」と科学者《かがくしゃ》のひとりが船長《せんちょう》に報告《ほうこく》しました。

問題点《もんだいてん》がひととおり検討《けんとう》されたのち、キャンプをすることになりました。いまは修理《しゅうり》に専念《せんねん》するときでした。こんなときでも、夫人《ふじん》たちはあいかわらずの楽天家《らくてんか》でした。なるべくのんきに見《み》えるように過《す》ごしてみんなを安心《あんしん》させるのも、夫人《ふじん》たちの役目《やくめ》なのです。

夫人《ふじん》たちは、宮殿《きゅうでん》にとじこめられていた何百羽《わ》もの鳥《とり》を放《はな》しました。海底《かいてい》を歩《ある》いていた数《すう》カ月間《げつかん》、乗組員《のりくみいん》は何千ものオムレツをたいらげたにもかかわらず、まだまだ大量《たいりょう》の鳥《とり》の面倒《めんどう》を見《み》なければならなかったのです。卵《たまご》からかえった鳥《とり》たちを、海《うみ》の中《なか》に捨《す》てるわけにもいきませんからね。

そんなある日《ひ》のことです。象《ぞう》の足元《あしもと》に、どこから出《で》てきたのか、二〇人《にん》ほどのはだか同然《どうぜん》の黒人《こくじん》

があらわれました。巨大《きょだい》な象《ぞう》が、木《き》と金属《きんぞく》でできていることに、すっかりおどろいているようでした。船長《せんちょう》は乗組員《のりくみいん》に、おとなしくしているよう命《めい》じました。黒人《こくじん》たちは、わたしたちのことはほとんど気《き》にかけないで、議論《ぎろん》をはじめました。銃《じゅう》などの火器《かき》の使《つか》い方《かた》を知《し》らないようで、彼《かれ》らは弓矢《ゆみや》しかもっていませんでした。

　黒人《こくじん》たちを見《み》ていると、いかにもこれから魔法《まほう》でも使《つか》いはじめそうな様子《ようす》でした。とても熱心《ねっしん》な話《はな》し合《あ》いが、一時間以上《いちじかんいじょう》もつづきました。そのあいだに、彼《かれ》らは小石《こいし》を手《て》に握《にぎ》り、それを何度《なんど》か地面《じめん》に投《な》げては、注意《ちゅうい》ぶかくその並《なら》び方《かた》を観察《かんさつ》していました。わたしたちはみんなで彼《かれ》らの占《うらな》いを見守《みまも》っていました。やがて夕日《ゆうひ》が沈《しず》み、半月《はんげつ》が空《そら》に浮《う》かびました。すると、魔法使《まほうつか》いの長《おさ》とおぼしき人物《じんぶつ》が、人《ひと》さし指《ゆび》を月《つき》へと向《む》けました。体《からだ》の大《おお》きな黒人《こくじん》の狩人《かりゅうど》がひとり、立《た》ち上《あ》がって月《つき》をめがけて静《しず》かに矢《や》をつがえました。弓《ゆみ》をぐいと強《つよ》く引《ひ》きしぼると、力《ちから》をいれるあまりに、その腕《うで》はこまかくふるえました。それから矢《や》は空《そら》へと放《はな》たれ、あっという間《ま》に闇《やみ》の中《なか》へと飲《の》みこまれました。矢《や》のはしる音《おと》が、包《つつ》みこんでくるような夜《よる》をつらぬきました。そして狩人《かりゅうど》は、静《しず》まりかえった仲間《なかま》のそばに、なにごともなかったようにすわりました。わたしたちはとまどいながら、この儀式《ぎしき》をしめくくるようなできごとを待《ま》ちました。

　次《つぎ》に、魔法使《まほうつか》いの長《おさ》が立《た》ち上《あ》がり、するどくも邪気《じゃき》のない小《ちい》さな目《め》で、月《つき》をまっすぐに見《み》すえました。すると、ふしぎなことが起《お》こりました。半月《はんげつ》がちかちかと何度《なんど》かまたたいたと思《おも》ったら、突《とつ》然《ぜん》、月全体《つきぜんたい》がかがやいたのです！　……数秒前《すうびょうまえ》まで、半月《はんげつ》だった月《つき》が、いまや満月《まんげつ》なのでした。

わたしたちがおどろいておたがいの顔《かお》を見合《みあ》わせていると、その魔法使《まほうつか》いのうしろでなにかが動《うご》きました。なにやら手《て》のようなものが、魔法使《まほうつか》いたちの頭《あたま》の上《うえ》まで来《き》て止《と》まりました。大《おお》きな優《やさ》しい手《て》……それは象《ぞう》の鼻《はな》だったのです！

目覚《めざ》めた象《ぞう》は元気《げんき》そうで、耳《みみ》、目《め》、口《くち》、そして舌《した》を動《うご》かしました。黒人《こくじん》たちの魔法《まほう》の力《ちから》で、わたしたちの象《ぞう》が故障《こしょう》から回復《かいふく》したのです。象《ぞう》の息吹《いぶき》が聞《き》こえてきて、わたしたちはほっと胸《むね》をなでおろしました。テラスの上《うえ》では、夫人《ふじん》たちが感動《かんどう》のあまり泣《な》いていました。科学者《かがくしゃ》たちは呆然《ぼうぜん》としながら、象《ぞう》のわき腹《ばら》を手《て》で触《さわ》ってたしかめたのち、機関室《きかんしつ》をひとまわり点検《てんけん》しました。その結果《けっか》、機《き》械《かい》が良好《りょうこう》に動《うご》いているという、うれしい報告《ほうこく》が伝《つた》えられました。

スルタンは、この奇跡《きせき》に大《おお》よろこびして、魔法使《まほうつか》いに近《ちか》づき、親愛《しんあい》のしるしとして彼《かれ》の手《て》をにぎりしめました。

魔法使《まほうつか》いが、わたしたちには理解《りかい》できない言葉《ことば》を話《はな》していると、通訳《つうやく》がかけつけて説明《せつめい》してくれました。

「こちらの魔法使《まほうつか》いの方《かた》は、こうおっしゃっております。『鋼鉄《こうてつ》の象《ぞう》の精霊《せいれい》に出会《であ》えたことを誇《ほこ》りに思《おも》う。伝説《でんせつ》によれば、その象《ぞう》はおなかに月《つき》の世界《せかい》を持《も》ち、象《ぞう》に乗《の》る者《もの》は、時間《じかん》を旅《たび》する力《ちから》を手《て》にいれる者《もの》である』と。この方《かた》の部族《ぶぞく》はずいぶんと長《なが》いあいだ、その伝説《でんせつ》の象《ぞう》を探《さが》しつづけていたようです。『自分《じぶん》たちが、あなたがたの時間《じかん》の旅《たび》にいっしょについてゆくことができたら、このうえなく光栄《こうえい》だ』、とおっしゃっています」。

「うむ、よかろう」とスルタンは答《こた》えました。スルタンは、この世《よ》に魔法《まほう》があることを、いつでも子《こ》どものようにすなおに信《しん》じることができる人物《じんぶつ》でした。「そなたを、月《つき》を統《す》べる者《もの》と名《な》づけよう……」。

よろこびの声《こえ》で、サバンナがゆれました。両腕《りょううで》を天《てん》に向《む》けて、飛《と》びはねる人《ひと》もいました。

手紙《てがみ》

それからわたしたちは、アルジェリア、チュニジア、リビアを横断《おうだん》しました。それは二カ月《げつ》の道《みち》のりでした。そうしてたどりついたのが、エジプトの砂漠《さばく》です。砂漠《さばく》からは、ギザのピラミッドが見《み》えました。わたしたちはこの地《ち》で、二週間《しゅうかん》だけキャンプ生活《せいかつ》をしました。というのも、ちょうど二週間目《しゅうかんめ》の朝《あさ》、キャンプどころではなくなる事件《じけん》が起《お》きたのです。

その朝《あさ》、スルタンに会《あ》うために、月《つき》の世界《せかい》から魔法使《まほうつか》いがやってきました。月《つき》の住民《じゅうみん》がふしぎなものを発見《はっけん》したので、魔法使《まほうつか》いはそれをあずかってきたのです。月《つき》で見《み》つかったのは、木工細工《もっこうざいく》の小箱《こばこ》でした。ひじょうに古《ふる》い年代物《ねんだいもの》の箱《はこ》で、表面《ひょうめん》には銀《ぎん》の飾《かざ》りびょうがうたれて、つる草模様《くさもよう》の彫《ちょう》刻《こく》がほどこされていました。箱《はこ》の表側《おもてがわ》には、なにやら読《よ》めない文字《もじ》が書《か》いてあり、その文字《もじ》にかこまれるようにして、遊《あそ》んでいる女《おんな》の子《こ》の姿《すがた》が描《えが》かれていました。スルタンは、たまらずこう叫《さけ》びました。

「なんということだ、船長《せんちょう》よ！」。

「いかがいたしました、殿下《でんか》」と船長《せんちょう》は近《ちか》づきながら答《こた》えました。

「この箱《はこ》に描《えが》かれた、女《おんな》の子《こ》の姿《すがた》……そしてこの顔《かお》は……、どこをとっても、わたしの頭《あたま》から離《はな》れない、あの女《おんな》の子《こ》にそっくりなのだ。ああ、わからないことがまた増《ふ》えてしまったぞ……」と、スルタンはつぶやくように言《い》いました。自分《じぶん》の夢《ゆめ》の中《なか》に、すっかり引《ひ》き戻《もど》されているようでした。

スルタンは、小箱《こばこ》を耳《みみ》もとでゆすって、「中《なか》になにか入《はい》っているようだ」とわたしたちに向《む》かって言《い》いました。その箱《はこ》には、なぜかふたも鍵穴《かぎあな》も見当《みあ》たりませんでした。そこで、スルタンはそれを付《つ》き人《びと》に渡《わた》しました。

「ただちに箱《はこ》を開《あ》けよ！」。

スルタンの付《つ》き人《びと》は、箱《はこ》をひっくり返《かえ》したり、回《まわ》したりして、あらゆる方向《ほうこう》から見《み》て確認《かくにん》していました。それから、おもむろにテラスの床《ゆか》の上《うえ》に箱《はこ》を置《お》き、げんこつでたたき壊《こわ》しました。ばらばらになった箱《はこ》の中《なか》からは、手鏡《てかがみ》がひとつ出《で》てきました。鏡《かがみ》には、細《こま》かな貝《かい》ががらがたくさんはめこまれています。スルタンはそれをつかみとると、自分《じぶん》の顔《かお》を映《うつ》してみました。スルタンは、最初《さいしょ》はびっくりしていましたが、すぐに遊《あそ》びはじめました。鏡《かがみ》に向《む》かって、次々《つぎつぎ》と表情《ひょうじょう》をつくり、すっかり夢中《むちゅう》になっています。

「見《み》るがよい、船長《せんちょう》」とスルタンはわらいながら言《い》いました。「この鏡《かがみ》は、わしの顔《かお》の動《うご》きを正確《せいかく》になぞるぞ。もっとも、鏡《かがみ》ならそんなことはあたりまえの話《はなし》だな。ただし、そこに映《うつ》っているのが、五歳《さい》のわしの顔《かお》だとすれば、話《はなし》は別《べつ》だ」。

いちばん近《ちか》くにいたタリーヌが、スルタンの手《て》から鏡《かがみ》をとりあげ、興味津々《きょうみしんしん》にのぞきこみました。「信《しん》じられない！　この人《ひと》の言《い》っていることはほんとうだわ。でも、五歳《さい》のスルタンが見《み》えるわけじゃないけど。映《うつ》っているのはわたしよ、五歳《さい》のわたしだわ」。

スルタンがしたように、タリーヌも表情《ひょうじょう》をいろいろと変《か》えて楽《たの》しみました。そして鏡《かがみ》は手《て》から手《て》へと渡《わた》り、めいめいが鏡《かがみ》で遊《あそ》びました。みんながみんな吹《ふ》き出《だ》して、こう思《おも》うのでした。「この魔《ま》法《ほう》の手鏡《てかがみ》は、最高《さいこう》の贈《おく》りものだ！」。

けれども、付《つ》き人《びと》と魔法使《まほうつか》いだけは、この遊《あそ》びをいっしょに楽《たの》しもうとはしませんでした。ふたりは、鏡《かがみ》をくるんでいた小《ちい》さな布《ぬの》を拾《ひろ》い上《あ》げただけで、しばし黙《だま》ったままでした。

スルタンの付《つ》き人《びと》は、その布《ぬの》をテーブルの上《うえ》に広《ひろ》げて、しわをのばしました。布《ぬの》には、文字《もじ》が書《か》かれていました。それから彼《かれ》は、スルタンのことをまじまじと見《み》つめながら、人《ひと》さし指《ゆび》でこの布《ぬの》を指《ゆび》さしました。誰《だれ》もが静《しず》まり、このハンカチの上《うえ》に書《か》いてある文章《ぶんしょう》を読《よ》むスルタンの声《こえ》に聞《き》き入《い》りました。

「巨人《きょじん》の女《おんな》の子《こ》は、二〇〇五年《ねん》の五月《がつ》一九日《にち》からの四日間《よっかかん》、フランスのナントで、象《ぞう》といっしょにバカンスを過《す》ごす予定《よてい》です」。

それは、思《おも》いもよらない待《ま》ち合《あ》わせの提案《ていあん》でした。みんなびっくりして、ひっくりかえってしまうところでした。

「よし!」とスルタンは言《い》いました。「これで時間《じかん》と場所《ばしょ》がわかったぞ! 出発《しゅっぱつ》の準備《じゅんび》にとりかかってくれ。科学班《かがくはん》は、総出《そうで》でたのむ。大臣《だいじん》は現状《げんじょう》を確認《かくにん》してくれ。われわれがいま、どの時代《じだい》にいるのかわからんが、スルタンの威信《いしん》にかけて、この待《ま》ち合《あ》わせに間《ま》に合《あ》わせるぞ!」。

空《そら》の旅《たび》

それからの数週間《すうしゅうかん》というもの、象《ぞう》の中《なか》の人々《ひとびと》はせっせと働《はたら》きどおしでした。これほどまでにみんなが真剣《しんけん》になったのは、はじめてかもしれません。増水期《ぞうすいき》で荒《あ》れくるうナイル川《がわ》をわたって、必要《ひつよう》な機材《きざい》をたくさん運《はこ》んでこなければならないのです。それもこれも、スルタンの思《おも》いついたむちゃな計画《けいかく》のせいでした。スルタンの辞書《じしょ》に、「遠慮《えんりょ》」という文字《もじ》はありませんでした。スルタンの思《おも》いつきは、とんでもないものでした。

「よいか」と会議《かいぎ》でスルタンは口《くち》をひらきました。「陸《りく》、海《うみ》ときたら、次《つぎ》は、空《そら》から行《ゆ》くのがもっとも自然《しぜん》ではないか。みなの者《もの》、空飛《そらと》ぶ象《ぞう》をつくるのだ!」。

船長《せんちょう》をはじめとする全員《ぜんいん》が、空《そら》を見上《みあ》げました。そして、「やれやれ、これはまた、たいした名案《めいあん》だ」と、みんなは頭《あたま》をかかえてしまいました。「それなら、わたしたちが宇宙《うちゅう》に行《ゆ》くのはいったいいつですか?」と、博士《はかせ》は思《おも》わず聞《き》きたくなりました。こんなにも大《おお》きな象《ぞう》を空中《くうちゅう》に持《も》ちあげるためには、はてしない計算《けいさん》と改造《かいぞう》が必要《ひつよう》です。そのことを思《おも》うだけで、もうぐったりしてしまいます。でも、博士《はかせ》はその言葉《ことば》を飲《の》みこみました。だって、スルタンと夫人《ふじん》たちときたら、このすばらしい思《おも》いつきにすっかり悦《えつ》に入《い》って、とても文句《もんく》を言《い》えるような状況《じょうきょう》ではなかったのです。

「わしの考《かんが》えでは、まず熱気球《ねつききゅう》を一〇〇個《こ》つくることだ。それぞれロープで象《ぞう》につないでおいて、花束《はなたば》のように並《なら》べて飛《と》ばすのがいいだろう。これで、われわれは空《そら》に浮《う》かぶはずだ。気球《ききゅう》のためのガスは月《つき》から調達《ちょうたつ》できるだろうし、それぞれの気球《ききゅう》に操縦士《そうじゅうし》をひとりずつ乗《の》せて、火《ひ》の番《ばん》をさせればことたりる。さあ仕事《しごと》だ、みなの者《もの》！　わしは、三カ月後《げつご》には、空《そら》に浮《う》かぶテラスから、地球《ちきゅう》を眺《なが》めたいぞ」。

ピラミッドに近《ちか》いヤシ園《えん》の中《なか》に、気球《ききゅう》を縫《ぬ》うための縫製工場《ほうせいこうじょう》がつくられました。一万人《にん》ものエジプト人《じん》がやとわれました。仕事《しごと》は山《やま》のようにありました。たとえば、象《ぞう》を空中《くうちゅう》に浮《う》かせるしかけをつくるためには、じょうぶな布地《ぬのじ》とロープが必要不可欠《ひつようふかけつ》だったので、遠《とお》くからとりよせました。そのほかにも、気球《ききゅう》のテストや改良《かいりょう》、操縦《そうじゅう》のための個人《こじん》トレーニング、気圧《きあつ》に左右《さゆう》される空気《くうき》の質量《しつりょう》計算《けいさん》のやり直《なお》し、などなど。要《よう》するに、それはとほうもない大仕事《おおしごと》だったのです。気球《ききゅう》が、ちょっと飛《と》んだだけでへなへなとしぼんだり、ガスの調整《ちょうせい》ミスで、ぼん！　と爆発《ばくはつ》したりするのが、あたりまえの毎日《まいにち》になりました。

二カ月半《げつはん》たつと、象《ぞう》を気球《ききゅう》で空中《くうちゅう》に持《も》ちあげる、最初《さいしょ》の実験《じっけん》が行《おこな》われました。おたがいに重《かさ》なり合《あ》ってふれ合《あ》う気球《ききゅう》は、ほんとうに花束《はなたば》の花《はな》のようでした。花《か》びんはもちろん、われらが象《ぞう》です。試運転《しうんてん》の結果《けっか》、この花《はな》たちは、どうにかその花《か》びんを持《も》ちあげることに成功《せいこう》しました！　象《ぞう》は一〇メートルほど上昇《じょうしょう》してから、ピラミッドの見《み》える砂漠《さばく》に、どしんと着地《ちゃくち》してバウンドしました。実験《じっけん》は成功《せいこう》です。

文字《もじ》どおり、「夢《ゆめ》」を追《お》いもとめるスルタンの決心《けっしん》は、ゆるぎないものでした。


そしてついに、わたしたちは一九八五年《ねん》四月《がつ》一五日《にち》にエジプトの地《ち》を離《はな》れました。見守《みまも》っていたエジプト人《じん》たちは、われんばかりの拍手《はくしゅ》でわたしたちを見送《みおく》ってくれました。一〇万人《にん》の群集《ぐんしゅう》が、目《め》に涙《なみだ》を浮《う》かべているのを見《み》たときは、ほんとうに「天《てん》にものぼる」感動《かんどう》でした……。

空中《くうちゅう》に浮《う》かんだ象《ぞう》は、熱気球《ねつききゅう》の花束《はなたば》に運《はこ》ばれて、ふわりと空《そら》へ舞《ま》い上《あ》がりました。この機体《きたい》の操縦《そうじゅう》は、単純《たんじゅん》そうに見《み》えて、じつはどうして、なかなか手《て》ごわいのです。象本体《ぞうほんたい》の管制塔《かんせいとう》では、二〇人《にん》ほどの係《かかり》が、気球《ききゅう》に乗《の》った航空士《こうくうし》たち全員《ぜんいん》と、つねに連絡《れんらく》をとっていました。たえずどこかで、ガスの圧力低下《あつりょくていか》が起《お》こるので、そのたびに、みんなはきもを冷《ひ》やすのでした。象《ぞう》は一見《けん》、のどかに

ぷかぷかと空《そら》に浮《う》かんでいましたが、その裏《うら》では、問題《もんだい》が起《お》きるたび、ガスもれがあるたびに、乗《の》組員《くみいん》がひっきりなしに大声《おおごえ》をはり上《あ》げていました。外見《がいけん》の優雅《ゆうが》さと、中身《なかみ》のあわただしさは、シーソーのようなバランスでつり合《あ》っていたのです。まっすぐに気球《ききゅう》へのびるロープをよじのぼり、その耐久性《たいきゅうせい》を点検《てんけん》する役《やく》の人々《ひとびと》もいました。ときには、ロープをその場《ば》で補強《ほきょう》しました。

いっぽう月《つき》では、気球用《ききゅうよう》のガスを象《ぞう》に送《おく》ることが、深刻《しんこく》な問題《もんだい》となっていました。ガスの鉱脈《こうみゃく》は、月《つき》の暗闇《くらやみ》の部分《ぶぶん》で見《み》つかりました。火気《かき》は厳禁《げんきん》だったので、照明《しょうめい》には青白《あおじろ》く光《ひか》る魚《さかな》が使《つか》われていました。その光《ひか》る魚《さかな》は、山脈《さんみゃく》をこえてはるばる一〇キロ以上《いじょう》も運《はこ》ばなければなりませんでした。魚《さかな》の捕獲《ほかく》はいうに及《およ》ばず、この往復《おうふく》は、ガス調達係《ちょうたつがかり》の体力《たいりょく》を根《ね》こそぎうばいました。

また、ガスもれがあちこちで起《お》きていました。ガス中毒《ちゅうどく》をさけるために、作業班《さぎょうはん》の交代《こうたい》は規則正《きそくただ》しく行《おこな》われました。このように、気球旅行《ききゅうりょこう》の裏《うら》では、どこをとってもたいへんな作業《さぎょう》がつづいていたのです。わたしたちは、いつ爆発《ばくはつ》してもおかしくない爆弾《ばくだん》の中《なか》にいるようなものでした。

さて、スルタンと夫人《ふじん》たちだけは、そんなさわぎとは無関係《むかんけい》の別世界《べつせかい》を飛《と》んでいました。

「見《み》よ、地中海《ちちゅうかい》に近《ちか》づいておるぞ！」。

そのとき、パンプリュンヌは船長《せんちょう》の腕《うで》をつかみました。

「見《み》て船長《せんちょう》、あの船《ふね》！」。眼下《がんか》には、船《ふね》がいくつか見《み》えました。

わたしたちは海抜《かいばつ》八〇〇メートルの高《たか》さを飛《と》んでいましたが、突然《とつぜん》、ぼん！　という爆発音《ばくはつおん》が鳴《な》りひびきました。気球《ききゅう》のひとつが破裂《はれつ》したのです。さいわいなことに、象《ぞう》にはほとんど影響《えいきょう》はなく、それで体勢《たいせい》がくずれることはありませんでした。しかしそれから、たてつづけにふたつめ、三つめの気球《ききゅう》が消《き》え去《さ》りました。

「なんと、連中《れんちゅう》がわれわれを下《した》からあおぎ撃《う》っているのだ！」と船長《せんちょう》は大声《おおごえ》をあげました。

歴史《れきし》地図《ちず》作成係《さくせいがかり》は、エジプトでラジオを手《て》にいれていました。なんとかニュースを聞《き》きとることに成功《せいこう》した彼《かれ》は、わたしたちの旅《たび》の日付《ひづけ》を正確《せいかく》に知《し》ることができました。

「われわれがいるのは、一九九二年《ねん》です」と彼《かれ》は言《い》いました。「そして、下《した》は戦争中《せんそうちゅう》であります……」。

もう一も二もありませんでした。船長《せんちょう》は象《ぞう》をほえさせて――緊急警報《きんきゅうけいほう》です――メガホンをつかみました。

「全気球最大圧力《ぜんききゅうさいだいあつりょく》！　最大圧力《さいだいあつりょく》だ！　三〇秒《びょう》で、一〇〇〇メートルの急上昇《きゅうじょうしょう》をしなけりゃならん！」。

「でも船長《せんちょう》……もし、爆発《ばくはつ》でもしたら？」。わたしは、思《おも》いきって聞《き》いてみました。

「そのときは、いちばん高《たか》いところから落《お》ちることになるだろうな、ルシュコフ君《くん》」と、船長《せんちょう》はいらいらして答《こた》えました。

「流量制御装置《りゅうりょうせいぎょそうち》、完全開放《かんぜんかいほう》しました！」と少尉《しょうい》が叫《さけ》びました。

「象《ぞう》の耳《みみ》を使《つか》って、機体《きたい》をジグザグに動《うご》かすんだ！」。

「あっ、気《き》をつけてください！　また砲弾《ほうだん》です！」。

そして、爆発《ばくはつ》する四つめの気球《ききゅう》。

「急《いそ》げ、ふくらませ、ふくらませ！　最大圧力《さいだいあつりょく》だ！」。

ガス管《かん》の圧力《あつりょく》が最大《さいだい》まで開放《かいほう》されたせいで、ガスもれの箇所《かしょ》が一気《いっき》に増《ふ》えてしまいました。月《つき》にいた作業員《さぎょういん》は、五〇人《にん》がかりで修理《しゅうり》にあたりましたが、それでもてんてこまいです。あちこちのガスもれ口《ぐち》を、次《つぎ》から次《つぎ》へとふさいでは修理《しゅうり》するのですが、信《しん》じられないほど強烈《きょうれつ》なガスの勢《いきお》いに、鬼《おに》のように奮闘《ふんとう》していました。

テラスの上《うえ》では、五つめの気球《ききゅう》が、天《てん》に召《め》されるところでした。そのとき、象《ぞう》が一気《いっき》にぐんと急《きゅう》上昇《じょうしょう》しました。数秒後《すうびょうご》には、気球《ききゅう》の花束《はなたば》は雲《くも》の上《うえ》にいて、体勢《たいせい》を安定《あんてい》させていました。

次《つぎ》の瞬間《しゅんかん》、わたしたちは静《しず》かな世界《せかい》をただよっていました。眼下《がんか》には、見《み》わたすかぎりの雲《くも》の海《うみ》が広《ひろ》がっていました。

わたしたちは、これほどまでにすてきな景色《けしき》に出会《であ》えるとは、思《おも》ってもみませんでした。スルタンに感謝《かんしゃ》しなければなりません。これもスルタンが、象《ぞう》で空《そら》を旅行《りょこう》をするという、なみはずれた決意《けつい》をかかげたおかげでした。

タリーヌはすぐさま、このふわふわの雲《くも》の海《うみ》に飛《と》びこんで、泳《およ》ごうとしました。しかし、まわりの人々《ひとびと》が断固《だんこ》としてそうさせませんでした。しばらくのあいだ、みんなはこの景観《けいかん》に見《み》とれていました。

いっぽうそのあいだにも、月《つき》では上《うえ》を下《した》への大《おお》さわぎで、この世《よ》の終《お》わりがすぐそこまで近《ちか》づいていました。さっきまでガスもれの修理《しゅうり》にあたっていた人《ひと》たちは、窒息《ちっそく》しかけてばたばたと倒《たお》れていました。月《つき》を統《す》べる魔法使《まほうつか》いは、不可解《ふかかい》な呪文《じゅもん》を必死《ひっし》にどなっていました。光《ひか》る魚《さかな》を運《はこ》んでくる人間《にんげん》もかなり減《へ》ったので、あたりを照《て》らす明《あ》かりもしだいに弱《よわ》まってきました。そのとき、ちょうど船長《せんちょう》が言《い》いました。

「圧力低下《あつりょくていか》!」。

すると、数分《すうふん》のうちにほとんどすべてが、もとどおりになりました。象《ぞう》は、雲《くも》の下《した》にふたたび降《お》りはじめて、海抜《かいばつ》七五〇メートルのところで安定《あんてい》しました。

「殿下《でんか》」と歴史地図作成係《れきしちずさくせいがかり》が言《い》いました。「われわれは嵐《あらし》を過《す》ぎました。現在《げんざい》われわれがいるのは、二〇〇〇年《ねん》で、まもなくシチリア島上空《とうじょうくう》を飛行《ひこう》します」。

「ふむ、船長《せんちょう》よ、われわれの機体《きたい》は着実《ちゃくじつ》に進《すす》んでいるな！」

スルタンはよろこび、すっかりごきげんの夫人《ふじん》たちは、気球《ききゅう》によじ登《のぼ》ることに決《き》めました。夫人《ふじん》たちは、熱気球《ねつききゅう》のてっぺんに寝《ね》そべって、日光浴《にっこうよく》がしたかったのです！


さて、象《ぞう》のおかげで、ついにわたしたちは首尾《しゅび》よく二〇〇五年《ねん》へとたどりつきました。あの巨人《きょじん》の女《おんな》の子《こ》との待《ま》ち合《あ》わせの期日《きじつ》は、もうすぐです。急《いそ》ぐために、乗組員《のりくみいん》が総動員《そうどういん》されました。速度《そくど》をゆるめては速《はや》め、空《そら》を上《のぼ》っては下《くだ》り、岬《みさき》をたどって、地理的《ちりてき》にも時間的《じかんてき》にも、正確《せいかく》に待《ま》ち合《あ》わせの瞬間《しゅんかん》に向《む》かわなければなりません。


さて、これがいままでのわたしたちの冒険《ぼうけん》でした。おそらく、これからもたくさんの困難《こんなん》が、わたしたちを待《ま》ち受《う》けているにちがいありません。めぐる季節《きせつ》が、誇《ほこ》り高《たか》くそれをくりかえすように。

「夜《よる》になったら着陸《ちゃくりく》だ」と、船長《せんちょう》が言《い》いました……。

おわり

われらが旅《たび》の仲間《なかま》たち

セルフイユ

スルタン

ミラベル

タリーヌ

パンプリュンヌ

ラズリ

船長《せんちょう》

博士《はかせ》

スルタンの付《つ》き人《びと》

魔法使《まほうつか》い

ヴォワデック・ルシュコフ

時空《じくう》の旅《たび》の道《みち》のり

象《ぞう》のタイムマシンの

ジャン＝リュック・クールクー

カンタン・フォコンプレ

●著者《ちょしゃ》（Jean-Luc Courcoult）

幼《おさな》いころから、ジュール・ヴェルヌの空想科学《くうそうかがく》小説《しょうせつ》やジョナサン・スウィフトの『ガリバー旅行記《りょこうき》』を耽読《たんどく》していました。一九七九年《ねん》より、ロワイヤル・ド・リュクスを主宰《しゅさい》し、さまざまなインスタレーションやスペクタクルを企画《きかく》・制作《せいさく》。フランスをはじめヨーロッパ各地《かくち》、南米《なんべい》、中国《ちゅうごく》、オセアニア、アジア諸国《しょこく》など、三〇年間《ねんかん》で五〇カ国以上《こくいじょう》で公演《こうえん》してきました。無料公開《むりょうこうかい》を信条《しんじょう》とするロワイヤル・ド・リュクスの公演《こうえん》を実現《じつげん》するために、市町村《しちょうそん》などの自治体《じちたい》や国《くに》が協力《きょうりょく》しています。町《まち》の人々《ひとびと》や風景《ふうけい》までも、そのままパフォーマンスの一部《いちぶ》に見立《みた》ててしまうようなロワイヤル・ド・リュクスの壮大《そうだい》な世界観《せかいかん》は、クールクーの描《えが》き出《だ》す魅惑的《みわくてき》な物語《ものがたり》とともに、大人《おとな》や子《こ》どもを問《と》わず、多《おお》くの人々《ひとびと》を魅了《みりょう》し、夢中《むちゅう》にさせ、虜《とりこ》にしています。

●イラストレーター（Quentin Faucompré）

ジュール・ヴェルヌの小説《しょうせつ》とサイエンス・フィクションのあいだで、夢《ゆめ》のような景色《けしき》とキャラクターを、すこし風変《ふうが》わりでリアルな想像《そうぞう》をしながら、このお話《はなし》に絵《え》をつけました。まるで遠《とお》くまで見《み》ることができる巨人《きょじん》の少女《しょうじょ》の目《め》を通《とお》して、すべてを見《み》たかのようです。すべてがふさわしい場所《ばしょ》におさまっているのに、まるでちがっています！　この本《ほん》の絵《え》を描《えが》くにあたって、カンタンは『プチ・ジュルナル』紙《し》のおおげさなリトグラフと、少年《しょうねん》のころ、とても影響《えいきょう》を受《う》けたロワイヤル・ド・リュクスの世界《せかい》からインスピレーションを得《え》ました。そのころからロワイヤル・ド・リュクスのパフォーマンスは、何度《なんど》見《み》ても飽《あ》きることのない、想像力豊《そうぞうりょくゆた》かな世界《せかい》でした。そういうわけで『スルタンの象《ぞう》と少女《しょうじょ》』は、カンタンにとってロワイヤル・ド・リュクスの世界《せかい》に敬意《けいい》をあらわし、絵《え》によってパフォーマンスの新《あたら》しい味《あじ》わい方《かた》を提案《ていあん》するよい機会《きかい》となりました。

訳者《やくしゃ》あとがき

本書《ほんしょ》は、二〇〇六年《ねん》にフランスのメモ出版社《しゅっぱんしゃ》から発行《はっこう》された *La Visite du Sultan des Indes sur son éléphant à voyager dans le temps* を底本《ていほん》としている。作者《さくしゃ》のジャン＝リュック・クールクーは、ロワイヤル・ド・リュクスという路上《ろじょう》スペクタクルを本領《ほんりょう》とするカンパニーの創設《そうせつ》メンバーであり、現在《げんざい》もその陣頭《じんとう》に立《た》っている人物《じんぶつ》である。このカンパニーは一九七九年《ねん》に南仏《なんふつ》エクサンプロヴァンスに誕生《たんじょう》し、フランス国内《こくない》を転々《てんてん》とした後《あと》に、一九八九年《ねん》よりナントの町《まち》を本拠地《ほんきょち》とし、世界規模《せかいきぼ》でパフォーマンス活動《かつどう》を続《つづ》けている。そして本書《ほんしょ》も、このロワイヤル・ド・リュクスのスペクタクルの一環《いっかん》として生《う》まれたのである。

二〇〇五年《ねん》五月《がつ》一九日《にち》から二二日《にち》までの四日間《よっかかん》、ナントの町《まち》に巨大《きょだい》な象《ぞう》と巨人《きょじん》の少女《しょうじょ》が現《あらわ》れ、通《とお》りという通《とお》りで縦横無尽《じゅうおうむじん》に遊《あそ》び回《まわ》った。もちろんこれはロワイヤル・ド・リュクスのスペクタクルで、高《たか》さが建物《たてもの》の四階分《かいぶん》はあろうかという巨大《きょだい》な象《ぞう》の人形《にんぎょう》の背中《せなか》と腹部《ふくぶ》には、ルシュコフ特派員《とくはいん》を含《ふく》むスルタン一行《いっこう》が乗《の》り込《こ》んでいた。三階分《かいぶん》ほどの背丈《せたけ》のある巨人《きょじん》の少女《しょうじょ》は、巨大《きょだい》な操《あやつ》り人形《にんぎょう》として移動式《いどうしき》クレーンに吊《つ》るされ、彼女《かのじょ》に命《いのち》を吹《ふ》き込《こ》むために、宮廷風《きゅうていふう》の制服《せいふく》に身《み》を包《つつ》む大勢《おおぜい》のスタッフがロープを操作《そうさ》するのだった。象《ぞう》の耳《みみ》・鼻《はな》の動《うご》きや重々《おもおも》しい足取《あしど》り、少女《しょうじょ》の口《くち》の動《うご》きや瞬《まばた》きの様子《ようす》など、細部《さいぶ》にわたるまで繊細《せんさい》な表情《ひょうじょう》を見《み》せるので、象《ぞう》も少女《しょうじょ》もまるで本当《ほんとう》に生命《せいめい》をもっているかのようだった。

ナントの町《まち》が神話的《しんわてき》なイマジネーションの世界《せかい》に飲《の》み込《こ》まれるこの四日間《よっかかん》、地元紙《じもとし》の『プレス・オセアン』には毎日《まいにち》、アンティーク新聞《しんぶん》を模《も》した『ル・ジュール・ヴェルヌ』という四ページの折《お》り込《こ》み新聞《しんぶん》が挿入《そうにゅう》された。この折《お》り込《こ》み紙《し》にはイラスト付《つ》き連載小説《れんさいしょうせつ》が掲載《けいさい》されており、それが後《のち》に一冊《さつ》の書物《しょもつ》にまとめられて、本書《ほんしょ》『スルタンの象《ぞう》と少女《しょうじょ》』になるのである。当時《とうじ》ナントでロワイヤル・ド・リュクスのスペクタクルを追《お》っていた観客《かんきゃく》たちは、現実世界《げんじつせかい》と想像世界《そうぞうせかい》が目《め》の前《まえ》で混《ま》ざり合《あ》う、不思議《ふしぎ》な体験《たいけん》をしたことだろう。この折《お》り込《こ》み紙《し》の製作《せいさく》にあたって挿絵《さしえ》を担当《たんとう》したのが、ナントを中心《ちゅうしん》に活躍《かつやく》するイラストレーターのカンタン・フォコンプレだった。彼《かれ》は、スルタンが冒険《ぼうけん》を開始《かいし》した時代《じだい》の雰囲気《ふんいき》を出《だ》すために、二〇世紀初頭《せいきしょとう》の大衆紙《たいしゅうし》『ル・プチ・ジュルナル』に掲載《けいさい》されたイラストや、二〇年代《ねんだい》、三〇年代《ねんだい》に制作《せいさく》されたリトグラフを、資料《しりょう》として大量《たいりょう》に参照《さんしょう》している。スルタンの冒険《ぼうけん》を追《お》う観客《かんきゃく》を取《と》り囲《かこ》む時代《じだい》も空間《くうかん》も、こうして曖昧《あいまい》なものとなり、観客自身《かんきゃくじしん》も一種《いっしゅ》の時間旅行《じかんりょこう》に巻《ま》き込《こ》まれるのである。

ところで、二〇〇五年《ねん》のこのスペクタクルは、ジュール・ヴェルヌ没後《ぼつご》一〇〇周年《しゅうねん》の記念祭《きねんさい》のために、ヴェルヌにゆかりのあるフランスの二都市《とし》、ナントとアミアンから依頼《いらい》されたものだった。ヴェルヌが死《し》んだのが一九〇五年《ねん》三月《がつ》二四日《か》、象《ぞう》が時間旅行《じかんりょこう》を始《はじ》めるのが同年《どうねん》の二月《がつ》一四日《か》であり、ヴェルヌの旅立《たびだ》ちと象《ぞう》の旅立《たびだ》ちは、実《じつ》はほぼ同時期《どうじき》にあたる。この日付《ひづけ》に、自身《じしん》もヴェルヌの愛読者《あいどくしゃ》であるクールクーの、ヴェルヌに対《たい》する彼《かれ》なりのオマージュを読《よ》みとることもできるだろう。スルタン一行《いっこう》の、大地《だいち》を、海《うみ》を、空《そら》をかけめぐり、時間旅行《じかんりょこう》もすれば月《つき》の世界《せかい》にまで足《あし》を踏《ふ》み入《い》れる大冒険《だいぼうけん》――ヴェルヌの空想科《くうそうか》学小説《がくしょうせつ》に親《した》しんだことのある者《もの》であれば、この奇想天外《きそうてんがい》さにはどこか懐《なつ》かしさを覚《おぼ》えるはずだ。例《たと》えば『八十日間世界一周《にちかんせかいいっしゅう》』や『海底《かいてい》二万《まん》マイル』など、本作《ほんさく》と親和性《しんわせい》の高《たか》い作品《さくひん》はいくらでも挙《あ》げられるだろう。特《とく》に、フランスの映画監督《えいがかんとく》、ジョルジュ・メリエスが一九〇二年《ねん》に発表《はっぴょう》した『月世界旅行《げっせかいりょこう》』はヴェルヌの小説作品《しょうせつさくひん》を下敷《したじ》きにしており、この監督《かんとく》の名前《なまえ》が本書内《ほんしょない》に登場《とうじょう》するのは決《けっ》して偶然《ぐうぜん》ではない。物語《ものがたり》の中心《ちゅうしん》となる象《ぞう》は、スルタン一行《いっこう》のみならず、明《あき》らかにヴェルヌの想像力《そうぞうりょく》も冒険《ぼうけん》の同伴者《どうはんしゃ》として運《はこ》んでいるのである。

　こうして、五月《がつ》にナントで四日間《よっかかん》を過《す》ごしたスルタン一行《いっこう》は、翌《よく》六月《がつ》にはアミアンで同様《どうよう》の四日間《よっかかん》を過《す》ごした（やはり地元紙《じもとし》『クーリエ・ピカール』の協力《きょうりょく》を得《え》て、折《お》り込《こ》み紙《し》『ル・ジュール・ヴェルヌ』も配布《はいふ》された）。ところが、ナント、アミアンの二都市《とし》でスルタン一行《いっこう》の冒険《ぼうけん》は終《お》わらなかった。翌《よく》二〇〇六年《ねん》はまず五月《がつ》にイギリスのロンドンに、七月《がつ》にベルギーのアントワープに、九月《がつ》、一〇月《がつ》はそれぞれフランスのカレーとル・アーヴルに、さらには二〇〇七年《ねん》一月《がつ》にチリのサンチアゴに、五月《がつ》にはアイスランドのレイキャヴィークにと、象《ぞう》と少女《しょうじょ》は世界各地《せかいかくち》を巡《めぐ》ったのである。本書《ほんしょ》は、スルタン一行《いっこう》が巨人《きょじん》の少女《しょうじょ》との待《ま》ち合《あ》わせに向《む》かうところで一応《いちおう》の結《むす》びとなっているが、これは言《い》わば巨人《きょじん》の少女《しょうじょ》の本当《ほんとう》の冒険《ぼうけん》の幕開《まくあ》けに過《す》ぎない。クールクーはスペクタクルを一種《いっしゅ》のプレゼントと考《かんが》えており、箱《はこ》の中身《なかみ》をあらかじめ教《おし》えることを極端《きょくたん》に嫌《きら》う。観客《かんきゃく》が包装紙《ほうそうし》を開《あ》け、箱《はこ》を開《あ》けるまで、中《なか》になにが入《はい》っているかは頑《かたく》なに教《おし》えたがらない。その彼《かれ》が本書《ほんしょ》を出版《しゅっぱん》し、さらに各国語《かくこくご》に翻訳《ほんやく》されることを許《ゆる》しているということは、巨人《きょじん》の少女《しょうじょ》はもう本書《ほんしょ》から抜《ぬ》け出《で》て、次《つぎ》の冒険《ぼうけん》を開始《かいし》しているということに他《ほか》ならない。事《じ》実《じつ》、ベルリンの壁崩壊《かべほうかい》二〇周年《しゅうねん》にあたる二〇〇九年《ねん》には、巨人《きょじん》の少女《しょうじょ》はナントとベルリンに現《あらわ》れ、二つの都市《とし》を別《べつ》の物語《ものがたり》に巻《ま》き込《こ》んでいたようである。しかし、これ以上《いじょう》クールクーのプレゼントの中身《なかみ》を暴《あば》くのはやめておこう。ひとつだけ言《い》えるのは、彼女《かのじょ》の冒険《ぼうけん》はまだまだ始《はじ》まったばかりで、いつかはあなたの町《まち》にも巨人《きょじん》の少女《しょうじょ》がやって来《く》るかも知《し》れない、ということである。

本書《ほんしょ》の翻訳《ほんやく》は、文遊社編集部《ぶんゆうしゃへんしゅうぶ》の方針《ほうしん》に従《したが》い、逐語的《ちくごてき》な翻訳《ほんやく》ではなく、可能《かのう》な限《かぎ》り原文《げんぶん》を尊重《そんちょう》した上《うえ》で、文章全体《ぶんしょうぜんたい》の持《も》つ雰囲気《ふんいき》や世界観《せかいかん》を優先《ゆうせん》させたものとなっている。子供《こども》から大人《おとな》までひとりでも多《おお》くの方《かた》に、このばかばかしいまでに法外《ほうがい》なスケールの時間旅行《じかんりょこう》を楽《たの》しんでいただければ、翻訳者《ほんやくしゃ》としてこれに勝《まさ》る喜《よろこ》びはない。

最後《さいご》に、本書《ほんしょ》に関《かか》わった全《すべ》ての方《かた》に、心《こころ》よりお礼《れい》を申《もう》しあげたい。特《とく》に、企画発案者《きかくはつあんしゃ》であり、本書《ほんしょ》の実質上《じっしつじょう》の生《う》みの親《おや》である木村帆乃《きむらほの》さんには、重《かさ》ねて感謝《かんしゃ》の念《ねん》を捧《ささ》げる。

二〇一〇年《ねん》三月吉日《がっきちじつ》

前之園《まえのその》　望《のぞむ》

●翻訳《ほんやく》（まえのその　のぞむ）
東京大学大学院博士課程《とうきょうだいがくだいがくいんはくしかてい》満期《まんき》退学《たいがく》（フランス文学《ぶんがく》）。
リュミエール・リヨン第《だい》二大学大学院博士《だいがくだいがくいんはくし》課程《かてい》在籍《ざいせき》。

スルタンの象《ぞう》と少女《しょうじょ》

二〇一〇年五月五日　初版第一刷発行

著者
ジャン＝リュック・クールクー

挿絵
カンタン・フォコンプレ

翻訳
前之園望

装幀
佐々木暁

発行者
山田健一

発行所
株式会社 文遊社
〒113−0033
東京都文京区本郷3−28−9
電話　03−3815−7740
ファックス　03−3815−8716
郵便振替　00170−6−173020
http://www.bunyu-sha.jp/

印刷・製本
株式会社 シナノ印刷

乱丁本・落丁本は、お取り替えいたします。
定価は、カバーに表示してあります。
Printed in Japan. ISBN978-4-89257-059-9